AS PERNAS DE ÚRSULA

e outras possibilidades

LIVROS DA AUTORA PUBLICADOS PELA **L**&**PM** EDITORES:

Dez (quase) amores (**L**&**PM** POCKET)
Dores, amores & assemelhados
Louca por homem (**L**&**PM** POCKET)
As pernas de Úrsula e outras possibilidades (**L**&**PM** POCKET)
Só as mulheres e as baratas sobreviverão
Vida dura (**L**&**PM** POCKET)
A vida sexual da mulher feia (**L**&**PM** POCKET)

Claudia Tajes

AS PERNAS DE ÚRSULA

e outras possibilidades

www.lpm.com.br

L&PM POCKET

Coleção **L&PM** POCKET, vol. 979

Texto de acordo com a nova ortografia.

Este livro foi publicado pela L&PM Editores, em formato convencional, em 2001.

Primeira edição na Coleção **L&PM** POCKET: setembro de 2011

Capa: Ivan Pinheiro Machado
Revisão: Jó Saldanha e Renato Deitos

CIP-Brasil. Catalogação-na-Fonte
Sindicato Nacional dos Editores de Livros, RJ

T141p

Tajes, Claudia, 1963-
    As pernas de Úrsula e outras possibilidades / Claudia Tajes. – Porto Alegre : L&PM, 2011.
    144p. – (Coleção L&PM POCKET; v. 979)

    ISBN 978-85-254-2347-4

    1. Novela brasileira. I. Título. II. Série.

11-3845.   CDD: 869.93
                             CDU: 821.134.3(81)-3

© Claudia Tajes, 2011

Todos os direitos desta edição reservados a L&PM Editores
Rua Comendador Coruja, 314, loja 9 – Floresta – 90.220-180
Porto Alegre – RS – Brasil / Fone: 51.3225.5777 – Fax: 51.3221.5380

Pedidos & Depto. comercial: vendas@lpm.com.br
Fale conosco: info@lpm.com.br
www.lpm.com.br

Impresso no Brasil
Primavera de 2011

Para o Theo

Um

O Bebê L. continuou chorando sem parar enquanto eu segurava a chupeta, longe de acertar sua imensa boca sem dentes, aberta a poucos milímetros da minha mão. Estávamos no restaurante, eu, minha mulher, dois casais de amigos e o Bebê L., meu filho de quatro meses, cujo nome não revelo para evitar, um, a exposição pública de um menor de idade e, dois, que um dia ele venha a se reconhecer nesta história e eu seja obrigado a gastar uma fortuna em terapia, para resolver algum trauma que a leitura possa causar.

Era uma noite quente onde se falava de futebol e crianças, o último assunto em homenagem ao nascimento dos bebês L. e Alê, filho do casal Borba, também presente à mesa. Meu melhor amigo, Dylan, assim chamado pela devoção dos pais dele ao Bob de mesmo sobrenome, recém-saído de um casamento de oito anos, estava reunindo pela primeira vez a nova namorada com a velha turma.

Lana, como a nova namorada se apresentava, embora Dylan tivesse me contado que o nome dela era Loreilana, não estava tendo exatamente uma performance brilhante. Loira pintada e decotada, destoava das outras duas mulheres presentes, a minha e a do Borba, meu segundo melhor amigo, ambas íntimas da ex-senhora Dylan. Lana era estudante de Relações Públicas e fazia alguns trabalhos esporádicos como manequim e recepcionista de feiras. Com aquele cabelo horroroso, diria minha mulher depois, só se for modelo para máscara de Halloween.

A loira se esforçava, mas as outras duas não faziam nada para facilitar. Minha mulher, Alice, e a mulher do Borba, Dê, muito entretidas falando das dores de barriga do Bebê L., não dirigiam sequer um olhar a ela. Às vezes Lana rompia o isolamento para fazer alguma pergunta.

– Dói muito quando ele mama?

Então Alice olhava para mim, dando a entender que, se eu não socorresse, a loira ficaria sem resposta pela eternidade inteira. Nessas ocasiões eu parava de discursar sobre o último empate sem gols do Grêmio e explicava com paciência que sim, no início doía por causa das rachaduras nos bicos dos seios, que davam à Alice a impressão de estar sendo sugada por um tamanduá-bandeira adulto e macho. Mas que, passada essa fase, não doía mais, chegando mesmo a ser relaxante. Muitas vezes Alice dormia enquanto amamentava, e o Bebê L. ficava ali, pendurado, como se fosse um piercing de mamilo um pouco grande demais.

Todos já tinham jantado quando o Bebê L. acordou chorando. Pelo tipo de berreiro, Alice deduziu que ele queria a chupeta. Eu me curvei para procurar o objeto de desejo momentaneamente desaparecido no carrinho, quando meus olhos encontraram não um pedaço cuspido de látex, mas duas pernas fortes e intermináveis vindo em minha direção.

Naquele exato momento, uma mulher saída da outra ala do restaurante cruzava pelo carrinho. E enquanto o Bebê L. seguia urrando pela chupeta perdida, eu via as pernas da mulher passando tão perto que poderia alcançar com a mão, se quisesse. Ou se Alice não fosse se incomodar, o que me pareceu uma possibilidade bastante remota.

Quando finalmente encontrei a chupeta, estava trêmulo demais para acertar a boca do Bebê L. Lana já ia oferecer um dedo de unha pintada de marrom para o bebê chupar, mas Alice levantou como a leoa que salva o filhote das garras de uma pantera. Depois de tirar a chupeta da minha mão, Alice levou o bebê inconsolável para a frente do restaurante, contando que o ar fresco da noite ajudaria a acalmá-lo. E que ali nosso filho estaria a uma distância suficientemente segura do esmalte de Lana.

Não poderia haver melhor desculpa para ir até a porta do restaurante, dar mais uma olhada nas pernas e sua dona. E eu fui. Com todo o cuidado, pude observar que a mulher estava com outras três amigas, nenhuma que valesse um tornozelo dela. Enquanto esperavam que o manobrista trouxesse o carro, as quatro faziam comentários sobre homens, rindo e gritando como se estivessem no alojamento do quartel.

Fiquei por ali, perto o bastante de Alice e do Bebê L. para descaracterizar abandono de lar, mas longe o suficiente para que a mulher das pernas compridas não pudesse afirmar se eu formava ou não um trio com aqueles dois. Isso supondo, claro, que um dia ela resolvesse olhar para mim. Nesse instante, Alice resolveu voltar para a mesa.

– O bebê parou de chorar. Vamos entrar?

Eu não podia me aproximar muito, sob o risco da mulher de pernas longas descobrir que eu era casado. Isso supondo, claro, que um dia ela se dignasse a notar minha existência.

– Vão vocês. De repente me deu vontade de fumar um cigarrinho...

– Fumar, você? Você nunca pegou nem cigarro de chocolate!

– As pessoas mudam, Alice. Agora, se você me dá licença, leve o Bebê L. para dentro. Este é o tipo de cena a que uma criança não deve assistir.

Falei isso e comecei a procurar nos bolsos um cigarro que nunca existiu. Há muitos anos, na época da universidade, da paz e do amor, eu tinha sido um antitabagista radical. Mas naquele tempo eu era também castrista e anti-imperialista. As pessoas mudam, como tão bem eu dissera à Alice.

Sem outra alternativa para conseguir o cigarro, resolvi pedir um emprestado para a mulher das pernas inacabáveis. Assim eu ainda teria a oportunidade de um novo encontro para fazer a devolução. Fui me aproximando devagar, querendo que a distância até aquelas pernas fosse suficiente para inspirar alguma coisa brilhante. Desde que Alice e eu começamos, há uns quinze anos, eu nunca mais havia abordado uma mulher. Tentei usar a mesma tática de conquista, mas não consegui lembrar dela. Precisaria perguntar à Alice mais tarde.

– Desculpe, mas você não teria um cigarro para me emprestar?

A pergunta era dirigida exclusivamente à mulher das pernas infindáveis, mas as três acompanhantes me olharam como se também tivessem o direito de responder.

– Eu não fumo.

Óbvio que não fumava. Não com aquela oxigenação toda que estava agora na minha frente.

– Bem, então eu não vou fumar também. Aliás, meu médico vem insistindo há séculos para eu parar. Talvez hoje seja a noite certa para uma tentativa...

– Eu tenho, se você quiser. É mentolado.

O oferecimento vinha de uma das amigas, uma que não era o meu tipo, de voz rouca, muito provavelmente por causa do cigarro. Falei sem olhar que não, obrigado, os mentolados eram os que causavam os piores tipos de doenças.

– Você janta sempre nesse restaurante?

Ela disse ãn, o que tanto podia significar sim quanto não. E justo quando a conversa estava se desenvolvendo, mesmo que monossilábica, por parte dela, o carro chegou. A mulher de pernas de Julia Roberts não disse adeus, apenas abriu a porta e entrou no lado do carona. A amiga dos cigarros mentolados sussurrou um tchau que eu fingi não escutar e assumiu o banco do motorista.

A mulher se foi sem reconhecer tudo o que fiz por nós e o que me esperava quando eu voltasse para uma Alice furiosa. De qualquer forma, resolvi anotar a placa do carro dirigido por uma das amigas. Podia ser uma maneira de chegar até ela, um dia. Podia ser útil caso Alice resolvesse me expulsar de casa, hoje.

Na mesa, os seis me olharam como se estivessem vendo o Saddam Hussein em pessoa. Incluo nesta contabilidade o Bebê L. que, com sua cara de velho, igual a de todos os bebês, parecia compreender a gravidade do momento.

– Relax, pessoal. Foi só um cigarrinho.

Mas Alice já estava chorando. Ela chorava muito neste período pós-parto. Não tanto quanto no durante, é verdade, mas era muito, de qualquer forma. Estávamos então no puerpério, o período depois do nascimento de um bebê onde todos os hormônios femininos entram em ebulição ou coisa parecida. Uma fase tão complicada que, em alguns casos, serve como atenuante inclusive para crimes que a mulher possa cometer.

Eu esperava, de todo o meu coração, que esse não fosse o caso de Alice.

Ela chorou no caminho para casa, escovando os dentes, dando de mamar e na sala, a noite inteira. Na manhã seguinte, fiz questão de trocar as fraldas do Bebê L. antes de Alice levantar, cheia de olheiras. Então prometi que não fumaria nunca mais, se isso a deixava tão triste. Os palavrões que seu olhar anunciou, Alice acabou engolindo junto com o café. E a história acabou não vou dizer esquecida, que Alice nunca foi mulher de esquecer, mas escondida embaixo de uma briga mais antiga, de um desentendimento sem muita importância e de um que outro ciúme burocrático.

Se eu pensei que tudo ia ficar assim, nunca me enganei tanto.

Dois

Eu nunca saberia dizer ao certo o que me atraía em uma mulher, mas lembro de estar sempre atraído por alguma, em todas as fases da minha vida. A primeira, inesquecível, foi a Jeannie é um Gênio. Por causa dela, passei a me apaixonar por todas as meninas loiras e de olhos azuis da minha rua, que não eram tantas assim. Colonizado por séculos de seriados americanos, recebi o advento da Sônia Braga como uma permissão para amar também as morenas. E então me senti livre para todas as amarelas, as negras, as ruivas, as cafuzas, as peles-vermelhas, as mamelucas e quantas mais viessem.

Com o tempo fui ficando mais refinado, ou mais exigente, ou tudo junto, o que diminuiu bastante meu campo de ação. As estatísticas, com suas promessas de sete mulheres para cada homem, consideraram nesta conta também as muito velhas, as muito moças, as que não gostam de homem e as de padrão estético experimental, que eu preferiria não experimentar. Talvez por isso, em lugar de aproveitar a abundância, acabei levando a vida com uma de cada vez, sempre usando o controle de qualidade como justificativa para não cair na gandaia. O que torna coerente e até aceitável o meu abalo diante da mulher com pernas de ISO 9000.

Por causa daquela noite, às vezes me pego pensando em como seria largar tudo pelas citadas pernas. Para quem não esteve lá, elas podem parecer dois motivos fúteis para iniciar um relacionamento sério e duradouro como eu faria, se já não tivesse um em andamento. Mas só para quem não esteve lá. E o meu não é um caso isolado. Não são poucos os homens que perderam o sono por causa de uma boca, que largaram a noiva por dois peitos ou levaram uma bunda para conhecer os pais. Papai, mamãe, esta é a Bunda, quer dizer, a Rita. Um vizinho meu, o Marcos, escreveu seu primeiro e único poema para uma panturrilha. Outro amigo, o Charles, estabeleceu o nariz como critério. Não que ele ficasse à espreita, cheirando mulheres nas esquinas. Esse meu amigo só se sentia atraído por mulheres de nariz fino, levemente aberto nas laterais, um pouco arrebitado e com um sinal bem pequeno, jamais daqueles cabeludos, na parte posterior esquerda.

E os exemplos não param aí. Há quem tenha atração por mulheres de mais idade, como o meu amigo Arquimedes, vulgo Arqui, o arqueólogo. O meu primo Aldo nunca resistiu a mulheres grandes, seja para o alto ou para os lados. E o que dizer do meu ex-vizinho Neco, eternamente atraído por sapatos de salto? Sendo eles finos e forrados de couro, a mulher que viesse em cima era um detalhe quase irrelevante para o Neco. Quando entrei na faculdade, acabei virando piada por uma estranha atração que desenvolvi. Nada relacionado a anãs indonésias ou siamesas de topless. Naqueles dias, bastava a mulher estar com um livro na mão que eu me apaixonava. Podia ser no ônibus, na praia, na rua, na chuva, na fazenda, no intervalo das aulas, na fila do banco, se a mulher estivesse lendo, eu certamente me aproximava. E dependendo do que ela lia, eu namorava, ficava noivo, casava, fazia bodas de ouro e era enterrado na mesma gaveta.

Qualquer leitura me parecia sexualmente atraente, naqueles dias. Mais vendidos, menos vendidos, *Manequim*, livro de culinária, almanaque de farmácia, *Veja*, manual de etiqueta. Gibi não, que eu sempre fui um antipedófilo convicto. Hoje eu acho que tudo começou com a dona Magda, minha primeira professora, uma espécie de Mulher-Gato um pouco mais boazinha. Mas não muito. Quando eu quebrei meu estojo de madeira na cabeça de um colega, a dona Magda me obrigou a passar o recreio todo na sala de aula, sem olhar para o lado nem falar com ninguém, enquanto ela lia, compenetrada, seus livros de professora. A partir daí, perdi a conta de quantos estojos e cabeças quebrei, só para passar todos os meus recreios ao lado dela.

Foi nessa época de livros e mulheres que conheci Alice.

Três

Nenhum janeiro, em tempo algum, jamais tinha sido tão quente. Minha cabeça era uma panela de mocotó fervendo, o cérebro no papel de mondongo. Todos os meus amigos estavam na praia, todos os meus inimigos estavam na praia, todas as pessoas do mundo estavam na praia. Menos eu, preso na loja de livros para advogados do meu pai.

Duas semanas antes, a notificação da minha sentença: o sócio do meu pai na livraria havia sumido com a balconista e todo o lucro do semestre. Ainda brinquei, com todo esse dinheiro, os dois devem estar refugiados na outra rua. Meu pai não achou graça alguma e disse que, por causa do prejuízo, não poderia contratar outro funcionário para substituir a vendedora fugida.

Então eu acabei no caixa da Sampaio & Castilhos Livros Jurídicos nos dias mais escaldantes do ano. Sem condicionador de ar, que o meu pai não pôde instalar por causa do prejuízo.

Terminado o sexto semestre, tudo que eu queria eram longas e tediosas férias na nossa casa da praia. A atividade mais radical que eu planejava para aqueles meses era tirar a cabeça do camarão antes de comer. Mas o sócio do meu pai, tio Castilhos (vinte anos de casado, cinco filhos), caiu de amores pela vendedora Nilza (dez anos de casa, nenhum filho conhecido). O preço dessa típica paixão de outono eu paguei durante o verão inteiro.

Em um sábado qualquer, saindo da loja para apanhar o carro, pensei que estava na hora de acabar com aquele "Castilhos" no nome do nosso negócio. E pensei também no tio Castilhos, amigo de infância do meu pai e meu prometido padrinho de crisma, não tivéssemos ele e eu faltado a todas as aulas do cursinho de crismandos.

Mesmo moço, tio Castilhos sempre me pareceu velho, ele e o seu bigode branco. O bigode do tio Castilhos era tão branco que poderia servir para uma propaganda de sabão em pó. Depois das cenas de crianças sujando um lençol gigante, tio Castilhos apareceria na televisão, falando:

– O branco mais branco no fio do bigode.

Tio Castilhos sujava o bigode branco de sopa, massa, churrasco, quindim, feijão, mas nada se comparava ao que acontecia quando ele comia mingau. Eu sou doente por mingau, dizia tio Castilhos, como se isso fosse motivo de orgulho para um homem daquela idade. Quando ele vinha nos visitar, minha mãe preparava uma mistura de farinha com leite, açúcar e canela, colocava em uma tigelinha branca como o bigode e servia como quem oferece uma iguaria.

Tio Castilhos sempre queimava a língua, na melhor das hipóteses, ou todo o aparelho digestivo, no mais das vezes. Ele era absolutamente contra comer mingau de colher, preferia entornar logo a pasta incandescente. Essa coisa de ir pelas beiradas não é para macho, repetia com a boca cheia de cicatrizes de terceiro grau.

Quando a última gota escorria, tio Castilhos começava a lamber a tigela. Era o esperado momento de olhar para o bigode, agora transformado em uma escultura de gesso, graças ao mingau endurecido entre os pelos.

Tio Castilhos terminava a visita mais ouvindo que falando, com o bigode transformado em pedra e a língua sem pele, de tão queimada. Boas lembranças que eu não queria mais lembrar. Como pôde um homem doente por mingau adoecer pela funcionária Nilza? E mais inexplicável ainda: o que eu tinha a ver com isso?

Amanhã mesmo aquele "Castilhos" sairia da fachada da loja, decidi, enquanto, em algum quarto de hotel com ar condicionado, o tio Castilhos provavelmente explorava todas as possibilidades eróticas do mingau com a nossa ex-balconista.

Quatro

Sem turma, sem praia, sem mulher e sem protetor solar, decidi ir para a piscina do clube que eu frequentava quando adolescente. Talvez uma das garotas daquele tempo ainda estivesse lá, tentando um bronzeado para concorrer a Rainha da Orla, Musa da Lagoa, Princesa do Chafariz ou qualquer desses concursos de beleza que aparecem a cada verão.

De calção na cadeira de plástico, sessenta graus e nenhuma sombra, me senti mais branco que o bigode do tio Castilhos. Adoraria ficar mergulhado até a testa na água, não estivesse a piscina lotada de banhistas transmitindo alegremente suas micoses de um para o outro. Devo ter dormido um pouco, o bastante para me transformar em um legítimo camarão ao bafo. No meio de uma manobra para me virar sem deixar a pele totalmente grudada na cadeira, vi a cena que mudaria a minha vida: uma garota lendo Proust a poucos metros de mim.

Não eram muitas as garotas que liam Proust na piscina. De biquíni, então, eram raríssimas. Com marca de vacina na coxa, como aquela, só podia ser insolação.

Esqueci o calor e as costas queimadas para acompanhar cada movimento da garota. Ela lia deitada em sua cadeira colorida, aparentemente sem notar que o mundo havia se transformado em um gigantesco forno ao ar livre. Sempre admirei, nas mulheres bonitas, a capacidade de não ficar suando e pingando como o restante da humanidade. Alguém poderia imaginar a Rita Hayworth transpirando? Ou pior, a Catherine Deneuve com a blusa de seda molhada nas axilas? O fato é que ali, ao meu lado, a garota parecida delicadamente úmida, enquanto eu inteiro transbordava uma água nojenta e pegajosa.

Precisava pensar em alguma estratégia de aproximação, mas os meus neurônios cozidos não estavam ajudando. Perdi tanto tempo nisso que o sol foi desaparecendo, sem que eu percebesse. Quando vi, a garota que lia Proust estava pronta para ir embora, o livro do velho francês guardado em algum lugar da bolsa.

Na pressa de alcançá-la, deixei a epiderme toda colada na cadeira. O tempo corria contra mim: em alguns segundos as costas começariam a sangrar e algum fiscal da piscina me expulsaria por estar sujando o clube.

Só pode ter sido a providência divina que fez a garota falar, quando até eu já aceitava o meu fracasso.

– Você vai ter que dormir de pé hoje.

O que eu deveria ter respondido: se você dormir comigo, posso ficar de pé, de joelhos ou pendurado no varal. O que eu respondi:

– Será que ajuda se eu passar uma pomadinha?

A garota então falou em cremes e loções que eu não conhecia e me fez esperar por ela na saída do vestiário, eu duvidando que aquilo estivesse acontecendo de verdade. Procurando não chamar muito a atenção, esfreguei as costas numa parede de cimento pontudo. Meu quadro não podia, em hipótese alguma, apresentar qualquer melhora enquanto a garota se arrumava.

– O creme que eu falei é esse aqui. Pode ficar com ele.

– Vamos tomar um suco e você me ensina o modo de usar...

– Desculpe, eu combinei de estudar com o meu namorado.

Ela ia estudar com o namorado. Mas era incrível que, com tantas coisas para fazer com uma namorada daquelas, o cara quisesse estudar. O que eu deveria ter dito: estudar? Tem certeza que esse seu namorado não é meio veado? O que eu disse:

– Estudar? Tem certeza que esse seu namorado não é meio veado?

A garota até quis ficar ofendida, mas acabou rindo comigo, em primeiro lugar, e me acompanhando no suco, logo em seguida. No bar, ela contou que se chamava Alice e eu disse exatamente o que deveria ter dito:

– Alice, você é o país das maravilhas.

Ou porque gostava de Lewis Carroll quando não estava lendo Proust ou porque gostou de mim, Alice combinou de me encontrar na mesma noite. E o namorado meio veado que fosse estudar sozinho naquele sábado.

Cinco

Eu tinha um carro para ir à faculdade, para sair com os amigos, para o futebol das segundas, para trabalhar. Eu tinha um carro para tudo isso, mas não para buscar uma garota em casa.

Meu pai, que não concordava com este ponto de vista, foi contra emprestar o carro dele quando eu expliquei a situação.

– O seu chevette é muito bom. Se essa menina não gostar, ela não serve para você.

Até hoje eu me pergunto de onde meu pai tirou aquela lógica. Tentando entender, é possível deduzir que, se Alice não gostasse do meu chevette, eu deveria trocar não de carro, mas de mulher. Estávamos todos em 1987, menos o chevette prata-fosco, que era de 75. A se julgar pelo pensamento vivo de meu pai, o certo seria eu substituir Alice por uma senhora ano 1942, caso a garota não caísse de amores pelo meu automóvel. Nada poderia garantir que alguma representante do sexo feminino mais nova que isso fosse se encantar por um carro como aquele.

De qualquer forma, eu precisaria me sentir mais íntimo de Alice, antes de apresentar o chevette. E acabei indo buscá-la em casa de ônibus.

Alice morava em um edifício antigo e sólido no centro da cidade, preparado para resistir como uma rocha à passagem do tempo, mas não à degradação do bairro. Onde antes os casais andavam de braços dados, pulando de uma confeitaria para outra e olhando as vitrines das lojas, hoje os travestis e as prostitutas iam e vinham, num passeio melancólico que durava até o próximo cliente. As escadas do edifício de Alice, imponentes no meio de uma loja de discos e de um atacado que vendia tecidos, serviam de sofá para essa vizinhança pouco recomendável.

Subi os degraus pedindo licença para um homem moreno que tentava se fazer passar por uma mulher loira, esbarrando em uma garota muito mais moça que a mais nova das minha irmãs e sendo abordado por alguém que tanto podia ser uma velha muito maquiada quanto um velho nas mesmas condições.

– Vem fazer um nenezinho, vem!

Não respirei até fechar o portão atrás de mim, deixando os vizinhos de Alice do lado de fora. O porteiro me viu entrar sem perguntar quem eu era, nem onde eu queria ir, como se estivesse acostumado a me ver todos os sábados ali, chamando o elevador.

Quando Alice atendeu à campainha, concordei com Saint-Exupéry: é preciso suportar duas ou três larvas para conhecer as borboletas. Ela de calça branca e blusa indiana na minha frente compensava toda a incomodação com meu pai, os quarenta minutos na parada do ônibus e a penosa travessia entre os travestis da escada. Alice de calça branca e blusa indiana me fazia querer passar o resto da vida, que se tudo corresse bem seria longa, só olhando para ela.

Eu esperava encontrar um senhor sério e zeloso da filha na sala, mas os pais de Alice eram separados e a mãe sequer estava em casa. Ela mandou que eu mesmo pegasse uma cerveja no refrigerador, enquanto desaparecia por um corredor para terminar de se vestir.

A sala da casa de Alice tinha fotos dela em várias fases e idades. Na mais reveladora, Alice estava nua, de bruços, olhando para a câmera com um sorriso. Lamentei que ela não passasse de um bebê de poucos meses na ocasião.

Em outra fotografia, que me pareceu recente, Alice estava ao lado de um senhor de bigodes em um... chevette! Alice e um homem de bigodes em um chevette. O bigodudo devia ser o pai dela e o chevette não parecia mais novo que ele. O meu próprio pai não ia acreditar, quando eu contasse: Alice também tinha um chevette na família, quem sabe até parente do meu.

Continuei vendo fotos dela com pessoas que não faziam sentido algum para mim. Prováveis tias em festas chatas, primos que se repetiam em vários retratos, e um deles, de cabelo black-power, só que vermelho, sempre olhando com cara de tarado para Alice, a mãe, de olhos fechados em todas as fotografias, o pai bigodudo de mãos dadas com Alice, dançando com Alice e até com uma Alice já adolescente de biquíni no colo, o velho sortudo, amigas feias e amigos espinhentos de colégios e da faculdade. Estava assim, decifrando a futura mãe do Bebê L. enquanto não chegava a hora de devorá-la, e então fui chamado ao quarto.

Um corredor nunca foi tão comprido. Andei por ele com cuidado, tentando não fazer barulho, como para evitar que, de onde estivesse, o bigodudo me ouvisse entrando no quarto da filha. Alice estava fazendo uma trança com os cabelos loiros e compridos e pediu que eu colocasse o dedo na fita, para fazer o laço. Era um pedido inocente, que teve para mim alguma coisa de conquista. Alice já confiava em mim o bastante para precisar da minha ajuda em seu próprio quarto.

Esperando a lotação, ela falou que havia pedido o carro do pai, mas o bigodudo não pôde emprestar. Se você chama um chevette de carro, eu pensei, deixe comigo. Amanhã aquela lata prateada velha vai brilhar como há muito tempo não se via.

Terminamos em um filme a que Alice assistia sempre que reprisava, um do Coppola, *O fundo do coração*, meloso demais para o meu gosto, mas que valeu pelas pernas da atriz. Veja que aí já podemos identificar um traço do meu comportamento que voltaria a se manifestar no caso da mulher do restaurante, tantos anos mais tarde. Em dúvida se devia procurar a mão de Alice no escuro da sala, preferi colocar meus dedos na coxa dela, como se fosse por acaso. Alice se afastou e a minha mão ficou caída na poltrona, onde a deixei ficar. Como se fosse por acaso.

Na saída propus uma pizzaria, um rodízio, mais especificamente, onde eu teria bastante tempo para me mostrar interessante. Depois de comer dezessete pedaços e impressioná-la mais pelo meu estômago que pelo meu magnetismo, recusei por pudor a fatia de doce de leite com coco queimado e pêssego em calda ao creme de chocolate. Quando notei que ela começava a se mexer na cadeira para ir embora, pedi que me contasse sua vida inteira, sem esconder nada, do nascimento até aquele instante. Abri discretamente o cinto e o botão de cima da calça e me debrucei na mesa para escutar.

Seis

Alice era a filha única de Propício, o bigodudo das fotos, e de Marta, uma loira bonita que tinha sido aeromoça. Foi voando, inclusive, que o casal se conheceu. Voltando de uma convenção da empresa, Propício convidou a aeromoça para sair. Ela, achando a ocasião propícia, aceitou encontrá-lo mais tarde, no bar do aeroporto. O que Propício colocou na bebida de Marta ou o que disse de tão encantador, ninguém jamais saberá. O fato é que, naquela mesma noite, a aeromoça levou a sacola de viagem para a casa dele e de lá só saiu oito anos mais tarde, com o fim do casamento.

Alice confessou que um dos maiores traumas da infância dela eram as brincadeiras que os colegas faziam com o nome do seu pai. Em qualquer colégio por onde passasse, os estudantes sempre acabavam chamando o seu Propício de seu Prepúcio. Uma professora mais distraída acabou mesmo por endereçar um bilhete para o senhor Prepúcio Marques. Pai e filha jamais perdoaram o erro.

Além do nome do pai, a menina Alice sempre se destacou na escola pelas notas boas em tudo, menos em educação física, e por ser aquela menina de quem todos os garotos gostavam. Por causa disso, passou a vida inteira ganhando concursos de Rainha da Primavera, bilhetes apaixonados cheios de erros de português e o ódio de algumas colegas ciumentas de tanto sucesso.

O primeiro namorado sério foi o Gus, um surfista que Alice conheceu na oitava série. Ela não entrou em detalhes, mas deduzi que Gus foi o autor do crime da mala, por assim dizer. O Ronald Biggs que roubou a inocência da menina. O estripador que transformou aquela pobre donzela em uma mulher que todo mundo queria comer. Começando por mim.

Na parte em que ia fazer o vestibular para direito, Alice lembrou que não queria chegar tarde em casa. Ela não imaginava que finalmente tinha aberto um flanco para eu atacar.

– Direito, Alice? Sabia que conhecia você de algum lugar. Você não compra na Sampaio & Castilhos?

– Às vezes. Sabe, eles roubam muito naquela loja. É melhor comprar na Livraria do Advogado.

Ah, tio Castilhos, seu ladrão contumaz. Não bastasse assaltar meu pai, ainda queria atrapalhar o meu romance, cobrando preços mais altos que o mercado. Eu precisava agir rápido.

– Isso foi na administração antiga, Alice, quando o Castilhos dirigia a empresa. A livraria agora é só dos Sampaio. E veja que sorte, Alice, eu sou um Sampaio, um deles, em carne e osso. Eduardo Sampaio, ao seu dispor. E, a partir de agora, você tem 40% de desconto em todas as compras na nossa livraria. Você e as suas amigas. Palavra de Sampaio.

Meu pai não ia gostar nada daquilo, mas Alice adorou a ideia e já foi enumerando os livros que ela e a turma precisavam no semestre. Para cobrir aqueles descontos, eu teria que trabalhar de graça na livraria pelo resto da vida. Ou arrumar, entre os nossos clientes, um bom advogado que me defendesse sem custas, para escapar da acusação de desvio de verbas que meu pai me faria.

No portão do prédio, Alice permitiu um leve beijo nos lábios, tão leve que eu não notei o início, nem o fim. Ela entrou e eu fiz todo o caminho de volta, passando pelos travestis e prostitutas. Mais algumas noites e ficaríamos todos amigos.

Esperei o domingo inteiro que Alice ligasse. Nada. Cheguei a ir ao clube e, na esperança de que ela me visse, usei uma sunga curtinha e apeluciada que um ex-noivo da minha irmã do meio tinha esquecido na nossa casa. Nada. Ela devia estar com o namorado meio veado, ou comendo um churrasco com o bigodudo, ou talvez tivesse ido ao cinema com a mãe. Então eu percebi que aquele telefonema jamais chegaria.

A sociedade estabeleceu que quem deve ligar é o homem. Também é o homem quem deve se mostrar interessado, atencioso, disponível e mesmo servil, pelo menos até atingir seus objetivos. Depois disso, quem telefona, se mostra interessada, atenciosa, disponível e, porque não dizer, servil, é a mulher. Não seria eu, com apenas dezenove anos, a contestar uma verdade tão antiga.

A mãe dela atendeu e falou que a filha já estava dormindo. Não pude acreditar. Imaginei Alice mandando a mãe ficar de sobreaviso, ao lado do telefone. Se um cara muito magro, despenteado e com um óculos fundo de garrafa ligar, diga que não estou. Segura de que a mãe estava bem instruída, Alice provavelmente tinha ido para a farra. Vai ver, passou o domingo inteiro com uma síndrome de pânico a cada toque do telefone, como acontece quando uma criatura oleosa e cheia de caspas que conhecemos na noite passada diz que vai telefonar.

Seja como for, a mãe de Alice anotou meu número e garantiu que daria o recado.

– Que recado? Eu não tenho nenhum recado para ela.

– O recado que você telefonou. Não quer que Alice retorne a ligação?

– Tanto faz. Passar bem.

Eu sabia que Alice não telefonaria. Mesmo assim, fui para a casa do meu amigo Róbson, o único que já morava sozinho, deixando ordens expressas para toda a família: se uma garota loira, de cabelos compridos e blusa indiana ligasse, era para informar que eu não me encontrava, que jamais ficava em casa num domingo à noite, que tinha saído com a... com a... Manuela, que seja.

Foi o que bastou para as minhas irmãs começarem uma avalanche de perguntas sobre a tal Manuela, que nem existia, ou melhor, existia em um baralho com fotos de mulher pelada que eu às vezes jogava com alguns camaradas. Manuela era a minha preferida, com sua foto de sutiã e sem calcinha apropriadamente no verso de um ás de paus.

Mais tarde, pendurado na porta do meu quarto, achei o bilhete da minha irmã mais velha: "Missão cumprida: ela ligou e eu falei da Manuela".

Sete

Entrei no banheiro da faculdade revoltado, o que acontecia sempre que eu ia a um sanitário público. Era assim desde que um colega, o Régis, havia aberto meus olhos para a discriminação: enquanto as mulheres iam ao toilette juntas mas, na hora H, encontravam privativos e acolhedores cubículos com trancas na porta para fazer o que bem entendessem, aos homens não foi dada escolha. Alguém convencionou que homem gosta de mijar em grupo e, a partir de então, ficamos todos obrigados a expor nossas intimidades para hordas de desconhecidos em banheiros de rodoviárias, parques, escolas, restaurantes, cinemas. E a testemunhar a intimidade alheia, o que conseguia ser ainda pior.

Como de hábito, postei-me cotovelo a cotovelo com outro homem mijando. Tinha muita gente precisando ir ao banheiro naquele instante, todos se apertando, ou melhor, se desapertando, uns colados aos outros. Fui embora com a costumeira sensação de ter revelado um dos meus mais caros segredos a quem absolutamente não merecia.

Lembro de uma vez em que entrei no banheiro e encontrei, já mijando, o diretor da empresa em que eu fazia estágio. Este diretor nunca havia me olhado, mas, naquela situação, talvez devido à proximidade forçada, achou oportuno perguntar como estava sendo o meu desempenho no trabalho. Tirei o meu para fora rezando para que o dele fosse maior, ou minha carreira poderia acabar ali mesmo. Durante a mijada, contava desajeitadamente os meus progressos, de como fazia xerox com perfeição e que os caixas do banco da frente até já me reconheciam, tantas contas eu pagava para os meus superiores. Mas então ele já estava puxando o zíper e se transformara novamente no Diretor, aquele que ignorava a minha existência, e voltou para sua sala com carpete bordô sem ao menos me dar um tchau, depois de tudo que compartilhamos.

E sem lavar as mãos, o porco.

Pensava nisso a caminho da aula. As férias tinham acabado sem que a minha melanina sentisse. Enquanto aquela gente bronzeada mostrava seu valor depois de dois meses atirada nas areias da praia, eu me sobressaía tristemente com a minha cor amarelo-hepatite. A quem perguntasse para onde fui nas férias, diria que passei dois meses internado na CTI, capítulo doentes terminais.

Estava tão longe que ela precisou chamar duas vezes. Quer dizer, até ouvi o primeiro chamado, mas pensei que fosse um dos tantos vale a pena ver de novo que eu fazia mentalmente, desde a primeira e única vez em que saímos.

Era mesmo Alice, de bata soltinha e calça jeans, como convinha então. E eu com uma calça de pregas, a única lavada e passada que encontrei no guarda-roupa. Sempre achei que o primeiro dia de aula merecia, ao menos, uma roupa limpa.

– Você, hein? Sumiu o verão inteiro. A culpada foi a tal Manuela?

Deus é pai, não é padrasto e, eu acrescentaria, não é vingativo com as ovelhas que fugiram do rebanho, como eu. Só isso explicaria Alice ainda lembrar daquela história e da Manuela.

– Na verdade, eu achei que você tinha dado uma desculpa para não me ver mais e inventei a Manuela.

As mulheres estão preparadas para tudo, menos para a sinceridade. Se eu tivesse feito minha cara de galã de novela das seis e concordado que sim, havia passado o verão inteiro com a já famosa Manuela, Alice me diria alguma coisa mais ou menos educada e poderíamos nunca mais nos ver. Mas eu confessei uma fraqueza e Alice, repetindo um comportamento típico da sua espécie, não foi capaz de ouvir isso sem criar uma instantânea e definitiva simpatia por mim. A ponto de me contar.

– Eu fiquei dias esperando você ligar, Eduardo.

Aí começa a segunda parte da minha história. De como eu deixei de ser um cara de dezenove anos que queria comer todas as mulheres do mundo para ser um cara de dezenove anos que comia uma mulher só. E que, durante muito tempo, foi o cara mais feliz do mundo assim.

Oito

Alice e eu estávamos casados, oficialmente casados, há oito anos, mas eu morava na casa dela desde o terceiro mês de namoro. Meus pais não concordaram muito com a ideia de eu deixar o nosso grande e confortável apartamento para viver no quarto da minha namorada. Já a mãe de Alice não foi encontrada em casa para dizer o que achava. Onde a mãe tanto ia era um enigma para Alice. Aposentada da profissão de aeromoça, a mãe dela saía de manhã para visitar alguma amiga e assim, de visita em visita, muitas vezes voltava só no outro dia. Com bastante tato, levantei a hipótese de Marta, a mãe de Alice, estar se dedicando ao ramo da prostituição, ou mais possivelmente da cafetinagem, devido à idade. Alice se recusou a considerar minha tese e ficou sem falar comigo até eu falsamente admitir que estava apenas brincando.

Depois da minha formatura em letras, ênfase em literatura, consegui emprego em um cursinho pré-vestibular e alugamos um apartamento. Com isso, aos vinte anos, eu já tinha todas as responsabilidades de um marido: prover o lar, trocar lâmpadas, matar baratas e fazer de Alice uma mulher sempre satisfeita, o que, para mim, nunca foi nenhuma obrigação.

Um dia, sem motivo aparente, Alice acordou dizendo que queria casar de verdade para deixar o pai feliz, a mãe tranquila, a avó descansada e assim continuou, invocando toda a árvore genealógica, até me convencer. Tendo encontrado aquela que me pareceu a futura mãe dos meus filhos (na época, ainda não sabia que teríamos apenas o Bebê L.), casei cheio de convicção, como quem casa pela primeira vez, com Ave Maria de Gounot ao fundo e chuva de arroz na saída. Os amigos que tinham apavorado Alice com a promessa de atirar arroz de carreteiro quente e com ovo picadinho nos noivos, felizmente, ficaram só na ameaça.

Quando a festa acabou, Alice e eu voltamos para casa juntos, como todas as noites, e a vida seguiu como antes do padre falar tudo aquilo.

Alice abandonou o direito e era agora especialista em padronagens de tecidos. A cada estação, arabescos, grafismos, poás, listras e outras estampas das quais nem desconfio o nome invadiam o nosso apartamento, desenhadas por Alice para tecelagens e confecções.

Era um bom trabalho, aquele. Por conta da empresa, Alice ia para a Europa duas vezes por ano e, numa espécie de acordo semelhante aos que as mães fazem com os filhos pequenos para que eles não chorem, sempre me levava junto em uma das viagens de trabalho. Pessoalmente, preferia acompanhá-la nos desfiles de verão, onde os costureiros mandavam as modelos, uma mais linda que a outra, desfilarem com grandes decotes que mostravam tudo ou mesmo com os peitos de fora. Os mais evoluídos achavam aquilo a coisa mais natural do mundo, mas eu precisava me controlar para não aplaudir de pé, espremido nas últimas filas da plateia.

Eu agora dava aulas na faculdade, além do cursinho. Uma vida menos glamorosa que a de Alice, mas interessante, a seu modo: em última instância, eu era pago para ler e falar. Duas coisas que sempre gostei de fazer.

Por causa de Alice, nunca fiz o gênero professor aloprado, uma meia marrom e a outra azul-marinho, colete de veludo e calça xadrez. Ela cuidava da minha produção de moda particular e eu nunca discuti escolha alguma, mesmo quando a combinação de peças me parecia um pouco aveadada. Nessas horas, Alice lembrava da imensa diferença existente entre ser fresco e ser fashion, embora essa distância não me parecesse tão grande assim.

O fato é que, pela produção de Alice ou pelos meus próprios méritos, sempre fui o professor mais, digamos, cobiçado de todas as salas de aula por onde passei. Até porque a concorrência não ajudava: padres da faculdade no estilo jesuíta-básico e senhores com semicabelos grisalhos e barrigas completamente instaladas, no cursinho.

Um dia, eu saindo de casa com a roupa recomendada por ela, Alice interceptou a porta, em dúvida se me deixava passar ou não.

– Não sei onde estou com a cabeça que deixo você sair assim para uma aula onde só têm mulheres.

Esse era o meu casamento com Alice, uma associação com fins lucrativos que dava certo porque um sentia o essencial pelo outro: orgulho. Alguns poderão dizer que essencial, nesses casos, é o amor, mas eu discordo. É o orgulho pela sua mulher que leva você a pensar, sem ela, a vida nunca mais vai ter graça, nem se o meu time ganhar o campeonato. Ou então, vou fazer logo um filho para todo mundo saber que ela é minha. Não tenho dúvida de que o Michael Douglas, o ator que deu origem à expressão Mal de Douglas para explicar a infidelidade crônica, não fez mais que aplicar literalmente esta filosofia quando engravidou a deusa da Catherine Zeta-Jones depois de uns poucos meses de namoro.

Estávamos, pois, Alice e eu, casados no papel há oito anos, mas vivendo juntos, e bem, há dez. O mesmo não podia dizer Dylan, meu melhor amigo desde os tempos do primário.

Nove

Dylan passou boa parte da adolescência louco por uma garota da nossa turma, a Raquel. E a Raquel merecia, era maravilhosa mesmo, tanto que virou modelo em uma época em que essa não era uma carreira tão desejada quanto medicina ou publicidade, como acontece hoje.

Durante todo o colégio, Dylan foi magoado, pisoteado e escorraçado pela Raquel. E fazia alguns curativos na autoestima saindo com Paula, outra garota da turma, esta, sim, apaixonada por ele.

Paula era bonita, inteligente e engraçada, tudo que um cara daquela idade, feio e pobre, ainda por cima, podia querer da vida. Mas Dylan queria mais, queria o metro e setenta e seis da Raquel, os peitos da Raquel, as coxas da Raquel e, porque isso parecia absolutamente imprescindível para ter o resto, a mão da Raquel. No dia em que recebeu o primeiro salário, Dylan vestiu uma roupa nova, comprou flores e foi pedir Raquel em casamento.

Horas depois, magoado, pisoteado e escorraçado não só pela Raquel como pelo pai dela, Dylan chorou abraçado à Paula. E como não quisesse ficar sozinho naquela noite, deu as flores amassadas para a garota e acabou ficando com ela durante os anos seguintes. Sem nunca deixar de pensar em como tudo teria sido melhor com a Raquel.

Alice e Paula logo se tornaram as melhores amigas. Enquanto eu servia de confidente e eventual álibi para Dylan, Alice fazia o mesmo com Paula. Assim, através dos tempos, acompanhamos o casamento deles sob dois olhares, de um e de outro. Duas versões tão diferentes que não pareciam contar a mesma história.

Foi em uma sexta-feira, depois do trabalho, tomando cerveja, que Dylan deu a notícia.

– Liguei para Raquel ontem.

Depois de tantos anos, ao ouvir que Raquel estava de volta à cidade, Dylan havia telefonado para a mãe da agora modelo internacional. Ele precisou apelar para seu emprego de repórter para a pretendida sogra dar o número da pretendida filha, e isso depois de garantir que Raquel seria a capa do caderno de variedades do jornal no próximo domingo. Nenhum problema, se a editoria dele não fosse a de polícia.

Então Dylan ligou para seu amor do passado e Raquel atendeu com um sotaque que misturava francês com inglês com um pouco do gauchês que ela falou um dia.

– Dylan? U-la-la, Robert Zimmerman, não vá dizerrrr que are you...

O Dylan Errado não se importou de relembrar para ela o colégio Maria Imaculada, que os estudantes chamavam de Maria Emaconhada, nem a vez em que Raquel foi eleita Rainha dos Jogos Ginasianos por unanimidade, muito menos o pedido de casamento ingenuamente feito por ele um dia.

– Lembrrro de você, yes, meu father ficou furrrrioso com aquela histórrria!

Os dois acabaram rindo juntos e, entrevista marcada, Dylan ia rever Raquel amanhã. Mas antes ele precisava passar na minha casa para pegar uma das minhas roupas, de preferência a da etiqueta mais cara e mais vistosa. O guarda-roupa de Dylan, definitivamente, não estava preparado para encontrar uma modelo.

– Se você deixasse a Paula dar palpite nas suas roupas, mas você não aceita a opinião dela nem para comprar uma cueca...

– A Paula não entende de moda, não é como Alice. Ela é bioquímica, sabe tanto desse assunto quanto eu.

– Desculpe eu dizer isso, mas você devia tratar melhor a sua mulher. E não ficar querendo se enfeitar para quem nunca olhou para o seu lado.

– Se você não quer emprestar um casaco, não invente desculpas. Eu posso muito bem entrar em qualquer loja e me vestir da cabeça aos pés em cinco vezes sem juros. Aliás, é isso mesmo que eu vou fazer.

Não adiantou dizer que o problema não era meu paletó caríssimo vindo da última viagem de Alice. Um da marca Gucci, na medida para levantar a suspeita de que eu, e não o casaco, é que estava saindo do armário. Dylan tinha entrado em um estado de espírito que lhe era peculiar, mistura da sensibilidade do jumento com a doçura do pitbull.

Ele se foi e eu continuei na mesa, bebendo a cerveja e prevendo que, em mais alguns dias, estaríamos os dois ali outra vez. Dylan chorando o desprezo de Raquel.

A semana terminou sem que meu, na ocasião, ex-amigo desse sinais de vida. Não queria precipitar nada perguntando se Alice sabia como estavam as coisas entre ele e Paula, então resolvi esperar. Era madrugada quando o telefone tocou.

– Saí de casa. Encontro você no bar daqui a pouco.

E desligou.

Dez

Quase quatro da manhã, eu ouvindo sem dizer palavra. De roupa nova, Dylan levou gravador e máquina fotográfica e fez a entrevista com Raquel. Depois ela serviu duas taças de champanhe e mostrou álbuns e mais álbuns com fotos e reportagens das suas glórias em Londres, Paris, Milão e Nova York.

Com vinte e oito anos, Raquel se via a um passo de dar adeus às revistas e passarelas. Estava no Brasil para fechar contrato com uma fábrica de cosméticos, talvez a última boa oportunidade da carreira. Tinha casado, descasado, casado em segundas núpcias, terceiras, quartas, descasado novamente, nem ela lembrava ao certo quantos haviam sido os maridos. Enquanto Raquel contava essas coisas, Dylan pensava na própria vida. E decidia mudar.

Mais tarde, ele inventou uma desculpa qualquer para Paula e voltou ao apartamento da mãe de Raquel. Nessa noite, não dormiu em casa. E continuou inventando desculpas e passando as noites fora até a briga com Paula, na mesma madrugada em que estávamos agora.

– Você tem outra.

– Não é outra, Paula, é a mesma.

Ele contou de uma vez só que havia reencontrado Raquel e a antiga paixão que sentia por ela. Paula chorou, se disse usada, traída, desprezada, a tradicional mistura de emoções que transforma uma mulher no pior inimigo do homem.

– Quer dizer que você pensou nela durante esses anos todos.

– Pensei.

– Só falta dizer que recortava as fotos da Raquel nas revistas e guardava na carteira.

– Na verdade, eu guardo todas em uma pasta.

– Você nunca sentiu nada por mim?

– Eu sinto, Paula, claro que eu sinto. Você é como um grande amigo que eu tenho, o maior de todos, meu faixa, meu companheiro, meu irmão.

Paula arrumou pessoalmente os poucos pertences do ex-companheiro. Como Dylan jamais gostou de comprar roupas e nunca confiou na mulher para comprar, suas velhas calças, camisas e sapatos couberam na mesma e velha mochila que ele trouxe quando os dois decidiram morar juntos.

– Que uma coisa fique bem clara: você pode contar comigo para sempre, Paula.

– Claro, se eu precisar saber quem se classificou no Brasileirão.

Ela bateu a porta e deixou Dylan, a mochila velha e eu, às cinco da manhã, pensando no que fazer da vida dele.

– Eu podia ficar na sua casa.

– Pelo jeito, você quer que Alice me expulse também.

– A gente diz para ela que vão ser poucos dias.

– Paula já deve ter dito.

– Então eu vou para a casa da Raquel.

– Sabe qual é o seu problema? Você não vê problema em nada. Imagine aparecer na casa da Raquel agora com essa mochila encardida. Ela manda você longe.

– Você me empresta um dinheiro e eu fico em um hotel.

Assim deixei meu, na ocasião, amigo na porta de um hotel tão encardido quanto a mochila e fui terminar de dormir agradecendo a Deus por sempre ter gostado da mulher que me coube.

Alice me viu voltar da conversa com Dylan sem perguntar coisa alguma. Uma das qualidades que eu mais admirava nela era a discrição. Outra teria feito um escândalo se eu não contasse tudo, mas não Alice. Eu sabia que o interrogatório só começaria quando eu quisesse, para parar apenas quando ela se desse por satisfeita. No café da manhã, por culpa ou de alívio, beijei Alice com um beijo de depois do jantar, e teria ficado em casa se não fosse dia de prova na faculdade.

À tarde Alice ligou para dizer que dormiria no apartamento de Paula. Era incrível como a vida amorosa de terceiros acabava refletindo na minha vida sexual. Tentei falar com Dylan, mas ele havia saído do hotel e ainda não aparecera no jornal. Provavelmente tinha ido declarar paixão e fidelidade para Raquel.

Estava no meio da aula sobre o parnasianismo quando recebi um recado: favor atender senhor Dylan Lessa urgente. Eu não era a Samu, mas pedi desculpas aos meus alunos e fui verificar a emergência. Devia ser grave, ou Dylan não me interromperia bem no meio da vida e obra de Olavo Bilac, que eu adorava.

Ele estava sentado na sala dos professores, os olhos inchados de chorar e um hálito que exalava as maiores amarguras e os piores destilados que um homem pode ter enfrentado.

– Ela não me quis.

– Isso era óbvio, Dylan.

– Disse que já foi casada com condes, atores, herdeiros...

– Bem, você seria uma excentricidade a mais no currículo dela.

Raquel não quis ouvir uma palavra sobre o amor eterno do meu amigo. Foi para o quarto e deixou a empregada com a tarefa de despachar Dylan. Ela já tinha feito as fotos para os cosméticos e estava de viagem marcada para algum lugar. Parafraseando Lennon, o sonho acabara para Dylan.

Aos poucos ele foi se conformando e, duas semanas depois, já não ia de bar em bar terminando com as garrafas e a paciência de outros bêbados com a história tantas vezes repetida. Paula já considerava recebê-lo de volta, com algumas condições. Uma delas, que a pasta com as fotos de Raquel fosse devidamente incinerada e suas cinzas jogadas no vaso sanitário, o próprio Dylan acionando a descarga.

Alguns meses depois, Dylan voltara ao ponto em que estava antes de Raquel, inclusive ao apartamento que dividia com Paula. Com muito cuidado, perguntei o que queria saber há tempos.

– Mas você comeu a Raquel ou não?
– E que interesse tem isso?
– Comeu ou não?
– Comi.
– Você estava ocupado sofrendo e não notou, Dylan, mas você é um vitorioso. Comeu o seu sonho e a sua mulher ainda aceitou você de volta. Você venceu, Dylan.

Ele não respondeu, até porque Paula avisou que a massa estava quase pronta e era preciso arrumar a mesa. O jantar correu tranquilo e eu cheguei mesmo a ver Dylan beijando a mão de Paula com uma certa sinceridade. Um dia, eu poderia perguntar a ele se Raquel era mesmo tão boa quanto parecia.

Onze

Eu nunca havia pensado em ter filhos, não seriamente, pelo menos, até a mulher do Borba anunciar.

– O Bó e eu estamos pensando em aumentar a família.

Uma das coisas que mais me irritava nas pessoas era a mania de chamar as outras por diminutivos. Vanessa virava Vá, Adriane virava Adri, Júlia virava Ju, até Moisés podia virar Momô. Imagine uma mãe dar ao filho um nome sério como Moisés e, de repente, todo o círculo de amigos do rapaz começar a chamá-lo de Momô.

Denise, a mulher do Borba, mais conhecida por Dê, continuou o assunto.

– Se for menino, vai ser Alessandro, né, Bó? Agora, se for menina, vai ser Alessandra.

Fazia sentido. Se fosse menino, um nome de menino. E um nome de menina, caso fosse menina. O novo feto que, qualquer que fosse a circunstância, chamaríamos de Alê, não estava sequer encomendado. Assim, não me ocorreu que poderia haver algum problema em mudar o rumo da conversa.

– Vocês não vão acreditar: o Cabeça montou uma banda de pós-punk-rock. E o nome, adivinhem? Os Filhos da Bronha!

O Cabeça era o nosso advogado para problemas com empregadas, ocorrências de trânsito, encrencas no comércio e todo o tipo de pequenas causas que pudessem aparecer. Quase aos quarenta, agora ele desafiava o foro, a mulher e os vizinhos e realizava o sonho de ser um rock star.

– O Cabeça, punk? Pode ir contando os detalhes!

Entretidos com a carreira do nosso advogado no show-bizz, Borba e eu não notamos o silêncio glacial que se fez na sala. Se, ao procurar a mão de Alice, eu não tivesse colidido com um iceberg, é quase certo que jamais perceberia.

– A Dê estava falando do bebê que eles vão ter.

Eu vinha sentindo os sinais de Alice. Ela, que sempre havia gostado de crianças, parecia mais encantada que nunca com os menores, os pequenos e os minúsculos. No shopping, parava as mães para perguntar quantos meses tinha esse ou aquele bebê. As barrigas das grávidas, Alice olhava com olhos de ecografia, procurando adivinhar qual o tempo de gestação, o sexo e se o parto seria normal ou cesária. Um dia perguntou se eu preferia menino ou menina e eu respondi que só queria uma menina, ela. Era para ter sido um momento romântico, mas Alice chorou muito achando que eu não queria ter filhos.

Agora, ela e Dê olhavam com desprezo absoluto para Borba e eu. Nós dois, cerveja na mão e pés sobre o sofá, acabáramos de nos transformar em dois exemplares abjetos do macho mais insensível.

— E você quer um só ou pensa em mais bebês, Dê?

— Bem, eu quero, no mínimo, um casal. Depois, conforme a infraestrutura, a gente vai aumentando a família. Você não acha, Bó?

Pobre do meu amigo. Nem bem se acostumara com a ideia de ter um filho, já tinha dois e, em segundos, uma prole inteira. Borba não ousou discordar, de forma que o assunto voltou a ser as crianças que, mais dia, menos dia, todos nós teríamos.

Na cama, ela sem falar comigo, me senti obrigado a fazer a pergunta que não queria calar.

— Você acha que está na hora de ter um bebê, Alice? A resposta dela: lágrimas. Uma torrente de lágrimas quentes e salgadas, que caía pelo rosto e alagava o travesseiro.

Digam o que disserem os chamados homens de alma feminina, se é que isso existe, mas os outros, os de alma masculina mesmo, categoria onde me incluo, jamais saberão ao certo o que fazer diante de uma mulher que chora.

Tentando estancar a torrente, abracei Alice, achando que ela poderia se acalmar ao me sentir mais próximo. Depois falei "pronto, pronto" baixinho, como me diziam quando eu ralava os joelhos ou tomava vacina. Ofereci água com açúcar, maracujina, prozac, nada. As lágrimas pareciam vir independentes da vontade dela, transbordando uma tristeza que eu nem desconfiava existir.

E foi assim que o Bebê L., ou a ideia dele, entrou na nossa vida.

Alice e eu começamos a nos preparar para a chegada de um filho. Ela parou de tomar anticoncepcionais, fez exames de saúde e varreu o nosso escritório junto com o pó que se acumulava nos papéis. A mesa onde eu preparava as aulas e Alice desenhava suas estampas foi parar no quarto de empregada, com vista para a empregada do apartamento em frente lavando roupa. Seguindo as novas orientações da casa, o som foi transferido para a sala, ao lado da televisão, de modo a tornar impossível ouvir música na hora do *Fantástico*. Uma nova estante no corredor recebeu os livros e minha placa de professor homenageado por uma turma de formandos saiu da parede do então escritório, onde passou anos pendurada, para virar apoio de panela.

Aos poucos o quarto do nosso futuro descendente foi sendo arrumado e decorado. Não temos pressa, dizia Alice, enquanto comprava um berço, um armário, uma banheira e uma montanha de fraldas. Minha mãe disse que, comprando um pacote de fraldas por semana, teríamos estoque para uns cinco dias quando o nosso filho nascesse.

A mãe de Alice estava tão entusiasmada quanto a filha com a possibilidade de um bebê. Ela, que não frequentava nem ficava em casa para receber, passou a aparecer para visitas cada vez mais seguidas. Minha sogra chegou a se matricular em um curso de tricô para, como toda boa avó, fazer meinhas para a criatura que Alice ainda não esperava.

No começo, a expectativa foi divertida. Quando Alice comprovava que não tinha engravidado, não faltavam bom humor nem disposição para ambos os envolvidos.

– Não foi desta vez.

– Ótimo, assim dá para continuar tentando todos os dias.

E lá íamos nós para as tentativas.

Com o passar dos meses, a situação foi ficando mais complexa. Embora o médico afirmasse que estava tudo bem, Alice achou que havia algum problema. Muitos exames depois, o problema, para ela, começou a ter nome e sobrenome: Eduardo Sampaio. Eu.

Alice nunca falou claramente, mas eu podia notar que ela estava decepcionada com o meu desempenho de reprodutor. Às vezes, tinha a impressão de ver um ar de censura também no rosto da minha sogra, que agora fazia visitas de consolo à filha. No dia em que a mulher do Borba ligou para contar que estava grávida, o mundo desabou na nossa sala.

– Por que a Dê conseguiu e eu não?

– Calma, Alice, a gente está fazendo todo o possível.

– Se você chama isso de todo o possível...

Saí batendo a porta antes que ela resolvesse fazer algum comentário sobre o meu fracasso e o sucesso do Borba. Era na casa dele que Dylan estava quando eu liguei procurando apoio e companhia.

– Venha para cá. Nós estamos comemorando o novo Borbinha!

O último lugar onde eu queria ir era na festa de boas-vindas ao bebê do meu amigo. Se as coisas continuassem assim, eles iam me fazer odiar crianças. Sem ter aonde ir, acabei entrando na primeira espelunca mais ou menos respeitável que cruzou no meu caminho.

Eu podia garantir que não havia nada de errado comigo. Adolescente, eu engravidara uma namorada. Nem ela nem eu queríamos o bebê, de maneira que a história terminou sem deixar herdeiros. Muitos anos depois, Alice e eu brigados, engravidei uma amiga dela. A história, na verdade, é bem menos machista do que possa parecer: a garota queria um filho e me escolheu para o serviço. Grávida, avisou que ia embora para outra cidade. Depois disso, não soube mais dela, nem da criança, se é que nasceu. Alice e eu reatamos logo em seguida e durante muito tempo eu vivi apavorado com a hipótese de a história ser descoberta.

Minha cabeça ia assim, do passado cheio de filhos até o presente estéril, quando vi a mãe de Alice sentada em uma mesa no fundo do bar. Dona Marta tinha uma garrafa de uísque de um lado e o que me pareceu ser o próspero dono de uma borracharia do outro. O que a futura avó dos meus futuros filhos fazia em um lugar como aquele era algo que eu preferia não saber.

Saí rápido para não ser visto por dona Marta, embora, naquele momento, ela parecesse estar em uma situação mais comprometedora que a minha. Eu, pelo menos, não tinha uma mão de borracheiro apoiada na minha coxa esquerda.

Em casa, Alice me esperava para conversar e não chorou nenhuma vez enquanto falávamos. Sabe o que é, eu expliquei, homem nenhum gosta que alguém questione o desempenho dele. Ainda mais se o alguém for a própria mulher do cara.

Então Alice disse que não estava reclamando de nada, que continuava tão satisfeita quanto no primeiro dia, ou melhor, na primeira noite, que queria continuar comigo, com ou sem filhos, pelo resto da vida etc., etc., etc. A conversa estava tão boa que durou até a manhã seguinte e teria continuado pela tarde, não fosse eu um mísero professor assalariado com relógio-ponto e horário a cumprir.

Como nas novelas de televisão, o tempo foi passando e trazendo algumas mudanças: Alice cortou o cabelo (um dia eu ainda entenderia por que as mulheres cortam o cabelo), os arabescos que ela desenhava na outra estação foram substituídos por flores, que logo tomaram conta também das nossas cortinas e do sofá da sala e eu comecei lentamente a trocar meus músculos em repouso por um tórax relativamente torneado, depois que a mãe de Alice observou que eu estava ficando "fofinho". Incrível alguém que aceitava uma mão gorda de borracheiro na própria coxa classificar o genro como "fofinho".

Um dia, chegando em casa da musculação, encontrei a mesa arrumada com velas e flores de verdade. Alice mostrou o exame, dobrado, durante a lasanha de espinafre, uma das suas especialidades:

– Funcionou!

Eu adoraria que a vida fosse igual aos filmes da Meg Ryan ou aos livros para moças que minhas irmãs liam na adolescência. A reação que eu deveria ter: abraçar Alice, beijar a barriga onde o bebê acabara de se instalar, dizer que nunca havia me acontecido nada de melhor e de mais importante, e era isso mesmo que eu gostaria de ter feito. Eu, Eduardo Sampaio, ia ser pai, o que não costumava me acontecer todos os dias.

A reação que eu tive: fiquei estático. Levantei da mesa sem falar nada e fui sentar na sala, no escuro. Algum tempo depois, Alice colocou a louça na lavadora, apagou a luz e foi para o quarto. Eu não queria estragar o que de melhor e mais importante acontecera para ela também, mas precisava pensar. E desde a minha primeira prova mais difícil no colégio, sobre capitanias hereditárias, se não me falhava a memória, eu só conseguia pensar em assuntos complexos assim: sozinho e no escuro.

Naquele momento, prometi para mim que seria um pai daqueles de dar mamadeira e passear no parque, pelo menos uma vez ao dia, e de trocar fraldas, sempre que fosse absolutamente necessário. Alice, com certeza, seria uma grande mãe para o felizardo do bebê. Uma grande mãe. Era estranho pensar isso da mulher com quem, ainda ontem, eu estivera fazendo coisas que não combinavam nem um pouco com a imagem que eu tinha de uma mãe.

Deitei com cuidado para não incomodar Alice. Amanhã trocaria o nosso pobre colchão, castigado por anos de uso intenso, por outro mais firme e adequado a suportar o peso de três pessoas. Vendo Alice dormir, eu não podia deixar de sentir um aperto ao lembrar que a barriga dela, tão lisinha, logo começaria a inchar. Nada que uma boa lipo não consertasse depois.

Antes de ser uma grande mãe, Alice era uma grande mulher. Não apenas entendeu meu ataque de introspecção, como achou que não havia nada a ser perdoado. De comum acordo, resolvemos que aquele seria um período divertido nas nossas vidas. E, com exceção das vezes em que ela vomitou em mim durante suas crises de enjoo, foi mesmo.

Doze

À s vezes eu chegava a esquecer que Alice estava grávida. O corpo continuava o mesmo e ela não tinha os famosos desejos dos quais o povo e as lendas falam.

Lá pelo segundo mês, os peitos de Alice doíam de forma insuportável e eu fui terminantemente proibido de me aproximar deles. O problema é que os peitos agora saltavam dos decotes com uma exuberância jamais ostentada por Alice, e muitas vezes eu achava injusto ser barrado bem nestas circunstâncias. Em compensação, desde que mantida a distância regulamentar das glândulas mamárias, todo o resto estava liberado. E o nosso novo colchão foi submetido aos testes mais rigorosos naquele período.

Era noite de segunda e eu jogava futebol, como todas as segundas. Alice estava em casa com o nosso feto quando o telefone tocou.

– Por favor, o Eduardo está?
– Quem quer falar com ele?

– É um velho amigo. O Castilhos.

Mais tarde, ela me contou que o tal Castilhos havia dado várias provas de ser um íntimo amigo da família Sampaio. Ele sabia que o meu pai tinha agora uma filial da livraria, perguntou se a minha mãe ainda sofria com uma antiga hérnia de disco, quis detalhes sobre cada uma das minhas irmãs. Estava informado até mesmo sobre o meu futuro herdeiro.

Mais tarde Alice me contou tudo isso. Mas imagine o que eu senti quando abri a porta, sujo e suado do futebol, depois do meu time perder por cinco gols e de ter aguentado as gozações do Dylan a noite toda, e vi aquele homem sem um fio de cabelo na cabeça ou no rosto, ouvido encostado na barriga de Alice e acariciando a mão dela. A não ser que o Esperidião Amin estivesse em campanha na nossa sala, Alice me devia muitas explicações a partir daquele instante. A primeira: quem era aquele homem?

– O seu tio Castilhos, Eduardo. Você não lembra mais dele?

O meu tio Castilhos. Eu jamais o reconheceria, sem o bigode branco como a neve, ou o mingau. Mas o que ele queria na minha casa?

– Estou voltando para a cidade depois de quinze anos, Eduardo. Quinze longos anos em que não deixei de pensar sequer em um dia no seu pai.

O que se seguiu foi o minucioso relato da vida do tio Castilhos, pré e pós-desfalque na livraria. Alice, emotiva de nascença e mais sensível por causa da gravidez, soluçava como se acompanhasse um filme muito triste. Mesmo eu, que passei anos odiando o ex-sócio do meu pai por todos os problemas que ele nos causou, não pude deixar de secar uma ou outra lágrima.

Tio Castilhos e meu pai se conheceram ainda meninos, morando na mesma rua. Crianças, os dois estudaram no mesmo grupo escolar e brincaram as mesmas brincadeiras: bolita, futebol com bola de meia, caça aos passarinhos, campeonato de punheta, bilboquê, cinco marias. Apesar de toda a amizade, os caminhos dos dois se separaram depois da adolescência.

Meu pai acabou envolvido com a política e fundou um jornal de esquerda com meia dúzia de correligionários. Tio Castilhos, sempre avesso a qualquer tipo de agitação, virou contador formado e logo casou com Nenê, uma moça do bairro.

Evidentemente, o jornal do meu pai foi fechado antes de se transformar em um conglomerado da comunicação. Ao mesmo tempo, as sucursais da *Última Hora* eram incendiadas em todo o país e a situação ficou complicada para a esquerda. Meu avô entrou em cena e aplicou aquele que tem sido o lema dos Sampaio, desde tempos imemoriais: quando a coisa ficar preta, saia rápido o bastante para não parecer afronta e devagar o suficiente para não caracterizar covardia. De acordo com esta máxima, que vem nos conservando a vida há várias gerações, meu pai foi devidamente escondido em algum lugar de Santa Catarina, de onde voltou três anos depois, já comprometido com a minha mãe.

Sem emprego, ele conseguiu a representação de uma editora especializada em livros jurídicos. Passou a vender de porta em porta, nos escritórios do centro de Porto Alegre. Em uma dessas visitas, bateu por acaso na sala do tio Castilhos, reencontro que determinou o novo rumo de todos.

Tio Castilhos propôs ao meu pai que vendesse os livros para advogados no escritório dele, mediante uma modesta comissão. Já naquela época, o contador Castilhos era amigo, mas não era bobo. Com o tempo, os dois alugaram uma sala no térreo do prédio e, dali, a Sampaio & Castilhos mudou para uma loja mais espaçosa em uma rua próxima.

Como tio Castilhos observou, era curioso que minhas três irmãs e eu, nascidos e crescidos entre as obras da livraria, não tivéssemos nos interessado pelo negócio. Já os cinco filhos do tio Castilhos, todos homens, seguiram as trilhas abertas pelo pai: um se diplomou contador, dois se formaram advogados (mas o mais velho, Marquito, nunca conseguiu a carteira da OAB), outro gerenciava a loja e o caçula, Hiranzinho, barbeiro, certamente sofreu a influência do bigode paterno na escolha da profissão.

A vida corria tranquila até que Gomide, o balconista que trabalhava na loja desde o primeiro dia, foi contratado por uma livraria concorrente com um salário que a Sampaio & Castilhos não tinha condições de cobrir. Então a vendedora Nilza foi admitida para o cargo.

Tio Castilhos bem que tentou evitar. Desde o início sentira atração pela moça morena, com um sinalzinho à la Marilyn Monroe perto da boca que, observado com atenção, revelava um tufo de cabelos plantado nele. Mais que isso: a simples visão de Nilza despertou um romantismo que o tio Castilhos nem sabia mais que existia, depois de tantos anos de um casamento pacato com dona Nenê.

Eles foram amantes desde o segundo mês da balconista Nilza na livraria e durante os dez anos seguintes. Enquanto dona Nenê cuidava dos filhos, tio Castilhos cuidava para que nada faltasse à Nilza: uma joia nas datas comemorativas, um pecúlio para garantir o futuro, o apartamento comprado com dinheiro desviado da livraria. Mas, apesar de todas as provas de amor, tio Castilhos continuava casado com a outra, ou melhor, com a oficial. Nilza começou a exigir o posto avançado de dona Nenê. Ela queria ser a esposa, a mulher legítima com quem ele passaria os domingos dali para a frente. Sem coragem de enfrentar a família, tio Castilhos viu na fuga a única alternativa. E na noite em que Bimbo, o quarto filho, noivava com uma garota japonesa, tio Castilhos escapou com a ex-balconista Nilza para algum lugar de São Paulo.

As dificuldades vieram em seguida. O dinheiro do desfalque não durou muito, não com Nilza acostumada a certos luxos que o Cas-Cas proporcionava. Cas-Cas era como ela chamava tio Castilhos na intimidade. Depois de muito procurar, tio Castilhos foi admitido como contador em um escritório no Tatuapé e passou a se sentir assim mesmo, um tatu a pé: todos os dias, pegava o metrô de manhã cedo para só voltar tarde da noite, muitos quilômetros de pé nos subterrâneos paulistas depois.

Nilza era quase vinte anos mais moça que tio Castilhos. Quando depilava o sinal cabeludo de Marilyn e desenhava a boca com batom vermelho, era mulher de chamar a atenção de muito homem de respeito. E dos sem respeito algum, nem se fala.

Quando tio Castilhos descobriu que ela recebia em casa três diferentes namorados, um a cada dia, Nilza chorou muito. Estava arrependida de ter traído, mas não de estar apaixonada. E por três homens ao mesmo tempo, o que tornava a competição perdida para o Cas-Cas.

Os dois se separaram, e como Nilza não queria mexer no pecúlio, o tio Castilhos continuou sustentando a ex-amante com o emprego de contador de subúrbio, sempre esperando que ela voltasse para os seus braços. Em uma terça-feira, Nilza apareceu chorando no escritório de contabilidade. Grávida, fora abandonada pelos três prováveis pais. Tio Castilhos perdoou a mãe e aceitou o filho como se fosse ele o culpado.

Nilza tinha quase quarenta e uma gravidez de risco que tio Castilhos acompanhou tomado de preocupação. Chegava a faltar ao trabalho para tratar da mulher. Quando a ecografia revelou uma menina, ele manifestou a alegria de um verdadeiro pai.

– A princesa que nós sempre sonhamos!

Mas o conto de fadas do Cas-Cas não iria acabar bem. Nilza quase não saía mais da cama, obrigada a um repouso absoluto. Neste capítulo, eu bem gostaria que o tio Castilhos economizasse os detalhes e pulasse as partes com sangue, cólicas e contrações. Alice ouvia com os olhos molhados e a mão na barriga, como se a qualquer momento tudo aquilo pudesse acontecer a ela. Das contrações ao sinal cabeludo.

No sexto mês da gestação de Ladyane, nome que o casal escolhera para a filha carregar pela vida inteira, Nilza teve autorização médica para levantar do seu leito de doente. Tão logo saiu à rua, assim que deu os primeiros passos na calçada, ela cruzou com Foguinho, um dos três namorados que deram origem a esta história. Foi como nas novelas de televisão: Foguinho se arrependeu instantaneamente de haver abandonado Nilza, Nilza reconheceu em Foguinho o namorado que mais amara e os dois concluíram juntos que havia 33% de probabilidades de Ladyane ser filha do rapaz.

Nilza fugiu com o rapaz ruivo e sardento levando cada peça do enxoval do bebê comprado pelo Cas-Cas. Para ele, ficaram a dor e um bilhete na porta da geladeira: fui, mas levarei sua lembrança comigo.

Depois disso, tio Castilhos perdeu os poucos cabelos que ainda restavam, as sobrancelhas, os cílios e, perda maior de todas, quase tão grande quanto a de Nilza, o bigode. Os médicos que ele consultou falaram em stress, como falam quando não sabem o que dizer. Mas tio Castilhos sabia que se tornara imberbe e careca de tristeza, o que fazia dele um imberbe careca ainda mais triste.

A saga do tio Castilhos terminava aí. Ladyanc acabou nascendo forte, saudável e negra, o que reduziu bastante as chances de Foguinho ser o pai. Com tio Castilhos fora do páreo também, o verdadeiro responsável devia ser o Almeida, mulato, ou o Luís Claudio, retinto. Tio Castilhos não chegou a conhecer o desfecho do caso.

Não havia sentido em permanecer na cidade para onde havia sido levado pelo amor. Assim, tio Castilhos fez as malas e pegou um ônibus São Paulo-Porto Alegre, com escala em todas as pastelarias do caminho. Ele pensava em procurar dona Nenê, rever os filhos e reconstruir a vida, inclusive reassumindo a livraria. Prometi falar com meu pai sobre isso, mas não havia mais lugar para ele no negócio da nossa família. Ainda mais com Cida, a nova balconista da loja, com seus cinquenta e muitos que pareciam cinquenta e poucos. O tio Castilhos enlouqueceria pela funcionária em dois dias.

Na porta, esperando o elevador, não contive a curiosidade.

– O senhor largou o mingau, tio Castilhos?

– Mingau, quem fazia, era a Nenê, Eduardo. O mingau da Nenê. Nilza não gostava de preparar o meu mingau, errava o ponto, empelotava, não tinha mão. Aos poucos eu fui deixando de pedir, dizendo que não precisava, esquecendo que existia. Como o sexo, Eduardo. Vai chegar a sua hora de entender isso...

Vade retro, tio Castilhos. Se tudo corresse como o planejado, eu passaria toda a minha vida sem esquecer o que era sexo. Ele abanou para Alice e eu enquanto a porta do elevador fechava. Continuei pensando em toda aquela história durante alguns dias. No final de semana, quando tio Castilhos ligou, pedi para Alice dizer que eu não estava em casa. Minha mãe contou que dona Nenê não o aceitara de volta e ele estava morando em um apartamento alugado pelos filhos. Filhos que não apenas perdoaram o tio Castilhos, como comemoraram a volta do pai pródigo com a alegria que faltou em todos os aniversários e natais em que ele não esteve.

É para isso que fazemos os filhos, pensei, já de olho em um futuro perdão do meu, que crescia na barriga de Alice.

Treze

Alê, o filho da Dê e do Borba, tinha quase um mês. Desde o nascimento, Alice e eu íamos à residência dos Borba todas as noites. Era praticamente como fazer um curso intensivo de bebês.

Nós também teríamos um menino. O nome estava escolhido, L., o quarto decorado e o guarda-roupa pronto para abastecer trigêmeos, tantos eram os macacões, casaquinhos e sapatos comprados. O Bebê L. ainda não existia oficialmente, mas já extrapolava o orçamento.

Treinando com a criança dos nossos amigos, Alice aprendeu a trocar fraldas, dominou a técnica de bater nas costas para que o bebê arrotasse e, se não o segurava no colo, era porque sua imensa barriga não permitia. Eu me recusava a trocar as fraldas alegando princípios morais: jamais poderia limpar dejetos que contivessem os genes do Borba. Mas desde a primeira vez em que peguei Alê, ele escolheu meu colo como o preferido. Foi uma espécie de empatia, de química, qualquer coisa assim, o que deixava Borba louco. Se o bebê começasse a chorar, a Dê gritava lá do quarto.

— Eduardo, segura o Alê um pouquinho. Ele só pára com você.

E era eu levantar do sofá e pegar o menino que o choro acalmava.

Em mais uma noite, todos nós atirados na cama de casal dos Borba, admirando os progressos e as gorduras localizadas de Alê, Alice ficou repentinamente séria.

— Dê, se não tem goteira na cama de vocês, acho que a bolsa estourou.

A bolsa estourou. Quantas vezes eu tinha ouvido isso na vida sem dar a menor importância? Agora, a bolsa estourava comigo. E era preciso agir.

— Você consegue caminhar?

— Não sei, dói muito!

Eu e Borba levamos Alice em câmera lenta até o carro. A mala do Bebê L. estava arrumada em casa e Alice queria porque queria apanhá-la. Isso significava desviar do caminho do hospital e perder preciosos minutos. Eu não gostaria que o nosso filho nascesse no banco de um carro e, principalmente, eu não gostaria nem um pouco de fazer o parto.

— O Bebê L. nasce com a roupa do corpo. Quando der eu busco a mala.

Alice começou a chorar, porque não queria que o nosso filho viesse ao mundo sem a bagagem que ela preparava fazia meses e porque uma bolsa estourada deve mesmo doer bastante. Chegamos ao hospital e várias pessoas de uniforme verde sumiram com Alice do meu campo de visão. Uma enfermeira colocou um uniforme igual ao de todos eles na minha mão, mandou eu me desinfetar e vestir aquela roupa. Mais uma vez, a sociedade decidia por mim: eu iria assistir ao nascimento do Bebê L.

Felizmente foi tudo rápido, tranquilo e eu não desmaiei. Alice gritou como eu não imaginei que uma moça tão delicada fosse capaz. Quando terminou, alguém colocou a criança sobre o peito dela e eu pude me aproximar. Ficamos ali chorando, nós três, eu, mais discretamente, e os outros dois, berrando.

Alguns dias depois, a nova rotina dos Sampaio já estava estabelecida. As duas avós passavam praticamente o tempo todo na nossa casa, ajudando Alice a cuidar do bebê. Para a mãe de Alice, no entanto, a abnegação tinha hora certa para acabar: sete da noite, ela pegava a bolsa e dava tchau, sem jamais dizer para onde ia. Eu ainda descobriria a verdade sobre os hábitos noturnos da minha sogra.

Nessa nova fase, os papéis foram redistribuídos segundo a importância de cada um. Em primeiro lugar, soberano, vinha o Bebê L., meu filho, um gordinho rosado que só chorava, mamava, produzia toneladas de necessidades fisiológicas e dormia. Em segundo, como não poderia deixar de ser, vinha

Alice, com uma boa performance para tão poucos dias como mãe. Em terceiro, empatadas, vinham as duas avós, cada uma disputando, cabeça a cabeça, uma leve vantagem sobre a outra. E em quarto e último lugar, já que não tínhamos gato, cachorro nem qualquer tipo de bicho, vinha eu.

– Eu sei o que você está sentindo, Eduardo, mas acho que é assim mesmo. Não aconteceu a mesma coisa com o seu pai, quando você nasceu?

– Não sei, eu era bebê demais para saber.

– Pois eu garanto: aconteceu. E, pior ainda para os nossos pais, as nossas mães tinham muito mais filhos, um atrás do outro. Imagine como eles deviam se sentir. Totalmente rejeitados.

– E quando eram aceitos outra vez, iam lá e faziam mais filhos.

– Um brinde à pílula anticoncepcional!

– À ligadura de trompas!

– À vasectomia!

– E não vamos esquecer da camisinha!

– À camisinha! Saúde!

Borba e eu ficamos mais próximos neste período, os dois momentaneamente, esperávamos, depostos do cargo de reis e senhores da casa. Isso não significava que eu não fosse absolutamente apaixonado pelo Bebê L. Muitas vezes, no meio de uma aula, eu me distraía pensando nele e chegava a sentir seu cheiro de bebê entrando pelo meu nariz. Sempre que possível, saía mais cedo do trabalho ou adiava algum compromisso para ficar em casa, olhando enquanto ele dormia.

Não foram poucas as vezes em que eu me vi abandonado ao longo da vida. Quando minha irmã mais moça nasceu, por exemplo, e eu perdi o lugar de caçula, o melhor na hierarquia familiar. Quando minha professora da terceira série, dona Márcia, largou a turma em pleno ano letivo para casar com um sargento de Rondônia. Quando qualquer garota se recusava a dançar comigo em uma festa, quando minha primeira namorada mais séria, a Letícia, me trocou por um punk chamado Eurico. Em todas essas ocasiões, eu pensei ter chegado ao fundo do poço dos abandonados. Mas só agora eu conhecia mesmo o que era a rejeição.

Mesmo com tantos sentimentos contraditórios, eu fui um bravo. Cada vez que Alice levantava para amamentar o Bebê L., eu levantava junto. Às vezes ficava horas ao lado do berço, cantando o nana-nenê e suas variações para o menino dormir. Quase sempre, quem dormia era Alice. Então eu pegava o Bebê L. no colo e nós dois ficávamos na janela, eu mostrando as estrelas e contando baixinho como era o mundo lá fora. Claro que eu falava só das coisas boas e, naqueles serões, acabei descobrindo que elas não eram tão poucas quanto eu pensava.

Também desenvolvi habilidades como dar banho, passar pomada nas assaduras, colocar a fralda com o Bebê L. se debatendo como a Linda Blair no

Exorcista, preparar a mamadeira, dar as gotinhas para dor de barriga, passear de carrinho na pracinha e responder às perguntas das outras mães e babás.

– Ele já come papinha?

– Não, vai comer no mês que vem. De abóbora.

– É seu primeiro filho?

– E único, se depender de mim.

– Que bonitinho. Puxou ao pai...

– Disfarce. Minha mulher instalou uma microcâmera no carrinho.

Com o tempo, fui me conformando com o fato de não ser mais o centro das atenções para Alice. Mesmo porque, por melhores que fossem minhas qualidades, eu jamais poderia competir com uma coisa tão pequena e engraçadinha como o Bebê L...

Quando Alice chegava da rua, me beijava rapidamente e corria para o quarto da criança. Então eu ouvia os grunhidos e os barulhos dela ao abraçar e apertar o bebê. Se eu a convidasse para ficar comigo na sala, conversando, Alice buscava o menino e a conversa, invariavelmente, excluía qualquer assunto que não fosse a vida do Bebê L. Mas eu não reclamava. Estava vendo, a cada minuto, que a maternidade era a experiência mais importante para Alice. E depois, eu tinha dela coisas que o Bebê L. jamais teria, a menos que o garoto me saísse um Édipo dos mais desavergonhados.

O problema é que eu não tinha mais essas coisas.

O médico falara em quarenta dias, a popular quarentena, um período que variava de mulher para mulher, para menos ou para mais. No caso de Alice, para mais.

O Bebê L. ia completar dois meses e Alice continuava se fazendo de desentendida quando eu tocava no assunto. Eu não queria parecer um tarado sem coração, um fauno sedento de prazer ou um priápico insensível, mas era nisso que havia me transformado. Tão logo o Bebê L. delimitou seu espaço e o mundo se acomodou, me vi disposto a reaver minha parte naquilo tudo. Alice ficava arrepiada só de pensar na possibilidade.

Às vezes eu encostava nela na cama, como por acaso, esperando despertar a luxúria e a lascívia que eu havia conhecido no passado.

– Você não é nem louco.

Eu amava Alice e jamais teria uma aventura com alguém só porque ela, minha própria mulher, não queria mais dar para mim. O difícil era explicar isso para os meus hormônios. Eu até considerava a contratação de uma profissional, caso nada acontecesse nos próximos meses. Mas naquele momento, tudo que me restava era lutar. Foi assim que coloquei em prática o meu plano Sexo Urgente Selvagem, SUS, pacientemente urdido nas noites em que Alice não quis nada comigo. O plano, simples, não era mais que a reedição dos passos que a maioria dos homens segue para levar uma mulher para a cama, com a garantia, para ela, de que eu não iria sumir na manhã seguinte. De acordo com o SUS, comecei minha campanha de reconquista pelos ouvidos de Alice.

– O Bebê L. já disse que você está linda hoje?

– Linda, eu? Eu estou um lixo. Cansada, o cabelo medonho, a barriga toda mole...

– Pois eu acho que você está linda. Tanto que me dá vontade de fazer outro Bebê L. hoje mesmo, se você quiser.

Calma. Eu não podia deixar a testosterona afastar minha presa. Alice sorriu em agradecimento ao elogio e eu não disse mais nada. Quando ela reapareceu na sala, porém, vi que algum efeito minha estratégia tinha causado. O cabelo estava agora preso com algumas coisas coloridas e a roupa era outra, mais nova e justinha. Vendo aquilo, eu entendi: Alice precisava recuperar a vaidade. O resto, eu confiava em mim para recuperar.

Deitei com ela como se não tivesse nenhum propósito sujo na cabeça. Na tarde seguinte, voltei do trabalho com flores.

– O que você andou aprontando?

– Puxa, Alice, onde foi parar o seu romantismo?

Mais um ponto. Ela ficou desconcertada com a minha sensibilidade. Não que eu fosse um grosseiro sem alma, pelo contrário. Perto de alguns dos meus amigos, eu era quase uma lady. No dia em que a mulher do Milton, por exemplo, brigou com ele e foi dormir na casa da mãe, ele trocou a fechadura da porta e ainda instalou uma tranca extra. A mulher nunca mais pôde entrar, teve que apanhar as roupas no corredor. Claro que ela processou o Milton e os dois continuam brigando na justiça até hoje, mas é só para mostrar que, sim, existiam sujeitos mais rústicos que eu.

No sábado eu cuidei o dia inteiro do Bebê L. Alice foi ao salão de beleza e depois fez algumas compras. Aparentemente não havia lingerie nos pacotes, mas talvez ela estivesse me reservando alguma surpresa. Só de pensar, eu virava um Wando, o maníaco das calcinhas. No domingo, convidei a mãe de Alice para almoçar. Conversei com a sogra, servi a parte nobre do churrasco para ela e lavei eu mesmo a louça gordurosa acumulada na pia. À noite, Alice chegou mais perto de mim na cama e eu consegui ser forte o bastante para não pular em cima dela.

Na segunda, para não faltar com a verdade, confesso que me senti um canalha. Disse à Alice que estava sem vontade de ir ao futebol, preferia ficar com ela e o Bebê L. Disse mais.

– E se a gente visse um filme, Alice? *Uma linda mulher*, quem sabe?

Eu sabia que Alice adorava o Richard Gere. Aliás, a nossa faxineira, a minha mãe e todas as minhas irmãs também adoravam. Fui à locadora e assisti com ela àquela overdose de doçura pela terceira vez. Se eu fosse diabético, teria entrado em coma. Enquanto isso, em algum ginásio quente e com cheiro de calção suado, o meu time ganhava de quatro a três do time do financeiro da Universidade. E alguns colegas ainda falavam que o meu reserva batia uma bola maior que a minha.

Quando finalmente o Bebê L. mamou, dormiu, fez alguns quilos de necessidades, acordou enquanto as fraldas eram trocadas, mamou outra vez e então apagou, servi uma taça de champanhe para Alice, que estava quase dormindo também. No sofá, ela roncou enquanto eu a beijava. Levei Alice para o quarto e, com a desculpa de colocar o pijama, tirei a roupa da minha mulher depois de um longo tempo. E não coloquei o pijama.

Se eu disser que foi uma noite inesquecível, estarei faltando com a verdade pela segunda vez na mesma página. Acho que o verdadeiro prazer que Alice sentiu foi poder virar para o lado e cair no sono, tão logo foi possível. Mas nenhuma primeira vez era exatamente uma maravilha, e assim eu estava vendo a situação. A primeira vez das muitas que viriam. Sempre que o Bebê L. colaborasse, bem entendido.

Quatorze

Você não vai acreditar. Mamãe vai sair com o Tio Castilhos.

Alice era o tipo raro de pessoa que só ligava para o celular de alguém quando tinha algo muito importante a dizer. Naquela quarta, quando o meu celular tocou no início de uma aula sobre Manuel Bandeira, cheguei a pensar que alguma coisa havia acontecido ao Bebê L.

– Não deixe nenhum dos dois fazer besteira, Alice. Depois falamos.

Minha sogra e o tio Castilhos juntos. Talvez assim eu descobrisse o que ela tanto fazia na rua depois das sete da noite.

Alice me esperava excitadíssima com a novidade.

– Os dois se conheceram aqui em casa, visitando o Bebê L. Você pode acreditar nisso?

– Pelo menos a gente sabe que o tio Castilhos é quase um homem honesto, praticamente sem vícios, razoavelmente limpo. E a sua mãe, bem, é a sua mãe.

De manhã Alice ligou para a avó do Bebê L., mas ninguém atendeu o telefone. Como se aquela fosse uma senhora que pulava da cama para ir à feira logo cedo, comprar laranja e banana para o neto.

Passamos o resto do dia sem notícias de nenhum dos dois. Por insistência de Alice, tentei falar várias vezes com o tio Castilhos, mas o velho safado tornara-se incomunicável de repente.

Na quinta à tarde, a mãe de Alice confirmou. Sim, ficara no apartamento dele desde a noite anterior. Sim, estavam apaixonados. Sim, iriam embora para São Paulo.

– Para São Paulo outra vez, tio Castilhos? Não parece meio repetitivo?

– Aquela cidade é muito grande, Eduardo. Com Marta ao meu lado, tudo será diferente. E depois, Tatuapé, never more. Agora nós vamos para os Jardins. Não conte para ninguém, Eduardo, mas a Marta tem algumas amigas que trabalham lá...

Então ele me contou. No dia em que viu a mãe de Alice na nossa casa, tio Castilhos reconheceu nela a grande Marta La Rubia, uma stripper de relativa fama que fazia seus shows em casas do centro de Porto Alegre. La Rubia estava aposentada, mas continuava habitué da boemia e, dependendo de quantos camparis tivesse bebido, ainda dava uma canja no palco de algum puteiro.

– É uma mulher extraordinária, Eduardo. Você não imagina a quantidade de homens aos pés dela. E é a mim que La Rubia ama.

Pelo jeito curado da inapetência sexual que o malsucedido affair com a balconista Nilza causara, tio Castilhos estava pronto para começar uma nova vida com a mãe de Alice. Levamos os dois ao aeroporto em um domingo. Alice e a mãe se abraçaram aos prantos e o Bebê L., no carrinho, chorou junto para não perder o hábito. Prometi ao tio Castilhos, agora transformado em meu sogro, manter segredo sobre a vida dupla da mãe de Alice. Mas bem que eu gostaria que La Rubia desse alguns conselhos à filha sobre sexo, sedução e assemelhados.

Na televisão, o Cid Moreira, todo maquiado, apresentava uma reportagem sobre fatos do além, embora nada fosse mais sobrenatural que a aparência empalhada dele no vídeo. No quarto, o Bebê L. praticava o esporte favorito dos bebês: berrar a plenos pulmões, sem que Alice ou eu conseguíssemos entender o porquê. Quando nosso filho fosse vencido pela exaustão, seria a derrocada de Alice também. Mais uma noite onde eu teria todo o tempo livre para os meus pensamentos obscenos.

Para me distrair, fiquei no escritório preparando uma aula sobre o concretismo. Muito mais tarde, quando o telefone tocou, eu dormia em cima de algum dos irmãos Campos.

– Saí de casa. Encontro você no bar daqui a pouco.

Quinze

A história se repetia e eu era o coadjuvante, como de costume. Dylan deixara Paula pela segunda vez e, pela segunda vez, me chamava na madrugada para fazer o relato completo dos fatos.

– Se você voltar, Dylan, é palhaçada.

Esta hipótese estava descartada, segundo ele. O rompimento havia sido definitivo e a advogada de Paula já estava tratando da partilha, que não seria exatamente trabalhosa. Pelo patrimônio acumulado, a questão dos dois poderia muito bem ser resolvida na justiça das pequenas causas.

Tudo que Dylan me contava parecia com todos os outros casos que eu havia conhecido. Mas não importava. Meu papel era ouvir e apoiar o meu amigo. E esse era, talvez, o único indicativo verdadeiramente comprovado da superioridade masculina, algo que as mulheres precisariam nascer de novo para aprender: a amizade.

Dylan e eu éramos amigos desde o primário, uma situação incompreensível para Alice. Enquanto antigos colegas de escolas estaduais ainda me telefonavam, enquanto eu me reunia com os ex-vizinhos da primeira rua onde morei, enquanto um sujeito apresentado a mim na noite anterior podia ter virado meu irmão na manhã seguinte, Alice tinha poucas e recentes amigas. A maioria, apresentadas pelos meus amigos.

Observando Alice e todas as mulheres que passaram pela minha vida, minha mãe, minhas irmãs, as tias, as primas, as vizinhas, as que me abordaram um dia, as que eu namorei, as de quem eu fugi, sempre pude notar que, mais forte que a amizade entre elas, era a competição.

Numa festa, uma mataria a outra para não sobrar na mesa. Numa turma, as garotas disputavam o tempo inteiro o título informal de a mais gostosa, a mais divertida, a mais inteligente. No geral, não existia uma que não soubesse de cor os defeitos, os pontos fracos e os piores momentos das outras. Se uma comprasse um sapato, ou a outra comprava um melhor, ou iria se sentir a pior das criaturas. Se uma aparecesse com um novo cabelo, as outras não sossegavam enquanto não mudassem a cor, ou o corte, ou mesmo fizessem uma daquelas horrendas permanentes que deixavam todas com a cara do Cauby Peixoto. As mulheres, mesmo as amigas, competiam o tempo inteiro. E essa, na minha opinião de atento observador da personalidade feminina, era a maior vantagem de ser homem, muito maior que ter um pau grande e pulsante ou um carro que as pessoas olhavam na rua: ser amigo dos amigos.

Lembro que Alice nunca pôde entender por que eu gostava tanto de encher meu carro de amigos para surfar na Praia do Rosa, cinco horas gritando uh-uh pelo caminho. Ela também não imaginava o significado do futebol das segundas, sempre com os mesmos zagueiros e centroavantes, ser um compromisso inadiável para mim. E se não estivesse dormindo como uma pedra quando eu saí de casa, teria dificuldade para aceitar que agora, quatro da manhã de segunda, eu ouvisse Dylan em um bar de última categoria.

– Eu amo Lana, essa é a verdade.

Perdido nas minhas divagações sobre a verdadeira amizade, eu havia esquecido de ouvir as desventuras do meu melhor amigo. Agora era tarde para perguntar quem era Lana e pedir um replay dos fatos. Melhor fazer de conta que eu estava mergulhado no drama, tanto quanto ele. A amizade tem dessas coisas.

– Mas você tem certeza de que vale a pena deixar Paula pela... Lana?

Se ele tinha certeza? Dylan era um poço de certezas.

– Ela é maravilhosa. Queria eu nunca ter conhecido outra, para que ela fosse a minha primeira e única mulher. Nunca, Eduardo, nunca alguém chegou aos pés da Lana.

Eu não ia estragar um momento tão bonito lembrando o estrago que a Raquel fizera na vida dele, só para citar uma por quem Dylan se disse absolutamente apaixonado um dia. Mas aconselhei que aquelas palavras não fossem repetidas na frente da Paula. Mulher traída e desprezada, não há quem não saiba o perigo que representa.

Cheguei em casa na hora de sair para o trabalho. Esquentando o leite do Bebê L. na cozinha, Alice me olhou de um jeito estranho.

– Saí às três da manhã para falar com o Dylan. Ele e a Paula se separaram. Já tem café novo na cafeteira?

– Mmmmmmpffff.

Dois falando um linguajar balbuciado dentro de casa era demais, principalmente sendo eu um professor de português e literatura que prezava o vernáculo em suas mais belas manifestações. Resolvi não perguntar duas vezes e tomei o café da manhã no bar da faculdade.

As coisas não andavam bem entre Alice e eu. Eu tinha a noção de que o nascimento de um bebê mudaria radicalmente a nossa vida, mas não pensei que a coisa fosse tão radical assim. Tirando o aspecto de eu ser um fixado em sexo que não via a hora de ter minha própria mulher de volta, agora eu começava a sentir falta também de estar inocentemente com

Alice. De ir ao cinema, sair para beber, falar bobagem, ficar na cama no domingo, ganhar um jantar especial, quando ela achava que eu merecia, e lavar a louça para agradá-la depois. De repente, tudo isso ficara para trás. E o responsável por eu passar da glória ao ostracismo, do poder à lama, da cama ao sofá, era a continuação da minha própria espécie.

Bebê L. Sampaio.

No bar da faculdade, minutos antes de começar uma aula sobre Haroldo de Campos, onde talvez eu falasse também de Augusto, descobri minha pior verdade. Eu tinha ciúme do Bebê L. Eu, o criador, com ciúme da criatura. Precisaria retomar as sessões com o meu psiquiatra antes que o Bebê L. entendesse o que estava acontecendo. E rápido, considerando a velocidade com que as crianças aprendiam o que não prestava.

Terminei o dia arrasado com minha própria descoberta. Deitei sem banho nem jantar. Tudo que queria era ficar sozinho, e não havia lugar melhor para isso que a minha casa, com a minha família.

Do quarto eu escutava as brincadeiras de Alice com o Bebê L. O certo seria eu estar lá, participando da cena, ajudando Alice a cuidar da criança. Mas não fui e nenhum dos dois pareceu notar a minha falta.

E aqui chegamos ao ponto em que eu estava quando tudo começou. Ao momento em que as duas pernas de uma mulher de quem não lembro nem o rosto passaram a fazer parte das minhas fantasias. Um pouco porque há tempos eu não via umas pernas tão de perto, um pouco porque algum romance sempre foi imprescindível para a minha sobrevivência.

Eu tinha a placa do carro da amiga dela. Ia dar algum trabalho, mas eu podia tentar encontrar a mulher das pernas intermináveis. Seria uma brincadeira, nada mais que isso, algo para fazer enquanto eu não estivesse dando aulas ou dando banho no Bebê L.

E amanhã mesmo eu marcaria uma consulta com o meu psiquiatra.

Estava saindo para o trabalho quando Alice me chamou.

– Dois dentinhos nascendo! Por isso ele chorava tanto nos últimos dias!

Aquela era uma grande ocasião. O Bebê L. avançava mais um estágio no seu desenvolvimento e em breve estaria sentado à mesa, comendo o churrasco que eu, seu pai, faria para ele. Eu podia ter ciúme do meu filho, mas jamais deixaria de achá-lo a coisinha mais querida e adorável da terra. Peguei o Bebê L. no colo e fiquei abraçado a ele por longos minutos, até que tanta placidez se tornou insuportável para a criança. O bebê começou a agitar os braços, as pernas e a cabeça para todos os lados, em busca da liberdade. Ou do colo da mãe.

Alice segurou o Bebê L. e os dois me levaram até a porta. No corredor mal-iluminado, tive a impressão de que os olhos de Alice estavam tão inchados quanto a gengiva do Bebê L. Poderíamos falar sobre isso, mas o corredor de um prédio classe média não era exatamente o lugar para se discutir a relação. À noite, se o Bebê L. dormisse cedo, eu abriria um vinho e convidaria Alice para conversar. Se ela não dormisse cedo também.

Dezesseis

Renata Ferraz. Tem trinta e três anos, é divorciada e médica, não necessariamente nesta ordem.

Grande Marquito, meu amigo de fé, meu irmão camarada, filho do tio Castilhos. Nunca conseguiu a carteira da OAB, mas se tornou influente e respeitado entre os despachantes do Detran. Trouxe para mim as informações que eu precisava sobre a amiga da mulher do restaurante. Chegar a ela, agora, dependia das minhas habilidades, embora o Marquito me assegurasse que conhecia pessoas que conheciam pessoas que conheciam pessoas que poderiam apertar a amiga da moça, caso fosse necessário. Por enquanto, rapazes, nada de violência.

No livrinho de um convênio descobri que a doutora Renata era pediatra. Aquilo ia ser mais fácil do que eu pensava.

Em uma tarde que deixei especialmente livre para a ocasião, insisti para que Alice ficasse em casa desenhando suas estampas e saí com o Bebê L. O destino não era a pracinha, mas o consultório da doutora Renata.

Esperei pacientemente que algumas crianças em péssimo estado de conservação fossem atendidas. Uma menina pequena, amarelada e fungando muito, insistia em segurar a mão do Bebê L. Eu teria que passar um álcool nele assim que voltássemos para casa. A mãe baixinha e estressada de um garoto cheio de bolinhas veio sentar ao nosso lado. Temendo que o Bebê L. pegasse alguma doença grave naquele antro de vírus, levei-o para fora do consultório, onde ficamos aguardando a nossa vez expostos ao sol e ao vento, até que a doutora nos chamou. Nesta altura, meu filho estava faminto, mijado e berrando como um bebê desenganado.

A doutora Renata examinou o Bebê L. sem parecer lembrar dele, ou muito menos de mim. Precisaria fazê-la ver que nós três já nos encontráramos antes.

– Você não estava no Roxy numa sexta-feira?

Ela me olhou com muito menos interesse do que na noite em que acompanhava a amiga.

– Eu janto lá às vezes. Nós nos conhecemos?

– Eu acho que pedi um cigarro para você e as suas amigas... Não tenho certeza, mas acho que era você...

Nesse momento a doutora Renata tirava as fraldas do Bebê L. e via, com olhos clínicos, que ele estava completamente assado.

– Acho que estou lembrando... Você ficou interessado na minha amiga...

Eu não podia acusar o golpe. Aguentei firme, o estômago tremendo, ou talvez fosse o esôfago pulando. Para disfarçar o nervosismo, mudei os rumos da conversa para a bunda em carne viva do Bebê L.

– Mas onde o meu sobrinho andou sentando, meu Deus?

A médica começou uma longa explicação sobre a higiene das crianças, os cuidados com as fraldas e os produtos que eu deveria usar no pequeno derrière afetado. Depois que ela prescreveu cremes, loções e banhos de assento, vesti o Bebê L. e me preparei para sair. A última pergunta que fiz não foi sobre a posologia e contraindicações dos remédios.

– Como eu posso encontrar a sua amiga?

– Marque com a minha secretária. Quero ver o seu sobrinho em dois dias.

Pelo menos a doutora não estava cortando todo e qualquer contato. Levei meu filho para casa com uma incômoda sensação de culpa. Aquela tinha sido a única vez na curta vida do Bebê L. em que eu deixava o trabalho de lado para passar uma tarde com ele. Tudo para usá-lo como isca. O que Alice diria, se imaginasse?

Como não imaginava, ela disse apenas que estava com saudade, depois de uma tarde calma e silenciosa sem a criança. Insistiu para que eu fosse ler, ou descansasse um pouco, ou ouvisse música no escritório. Alice estava verdadeiramente agradecida pelas horas de sossego.

Eu podia ter usado o bebê para fins escusos, podia desejar outra mulher e podia fazer tudo para alcançar meus objetivos, mas não havia desistido da minha família. Naquele momento, eu, o último dos canalhas, fui tomado de paixão por Alice e pelo Bebê L. Acabamos tendo uma noite como há muito não acontecia, Alice e eu brincando com nosso filho, conversando, jantando juntos um jantar de micro-ondas e até mesmo transando, desta vez sem que ela demonstrasse estar indo para a cama com Átila, o Huno, ou outro bárbaro da mesma estirpe.

Talvez a solução para um casamento em crise fosse uma das partes, de preferência o marido, iniciar um relacionamento com uma terceira pessoa. Havendo ainda amor entre os dois primeiros, o que pulasse a cerca fatalmente se transformaria em um cônjuge mais atencioso e afetuoso com o outro, como forma de aplacar a própria consciência. Longe de representar um ardil do traidor, esta seria, na realidade, a maneira de compensar o traído por algo que ele nem sabia estar sofrendo.

E não sabendo, viveria feliz, como vivem os ignorantes.

A teoria não era nova e possivelmente já se transmitia de geração para geração de traidores. Mas enquanto eu acariciava o cabelo de Alice, que dormia ao meu lado, tudo fazia sentido: eu ia me envolver com outra mulher também porque amava Alice e não queria perdê-la.

Um pouco de romance, era disso que o nosso casamento precisava. Mesmo que fosse o meu romance com outra mulher. Eu estava pronto para acordar sem culpa.

Dezessete

Depois de praticamente um livro, eu iria encontrar a mulher das pernas espetaculares no bar em que ela e as amigas costumavam ir às quintas-feiras.

Não foi uma tarefa fácil. Precisei levar o Bebê L. a mais quatro sessões com a doutora Renata, ele já curado das assaduras, quase ofendendo as crianças pálidas e febris do consultório com sua saúde de bebê Johnson. Em lugar de me dar a receita na última consulta, a médica entregou um cartão de consumação.

– Apresente na portaria para não pagar couvert.

Afrodite. Eu tinha ouvido falar do lugar, um destes bares modernos, onde a ideia era sair para ficar atirado em um sofá, como se faria em casa. A imagem de um bando de gente largada, algumas tirando o sapato, como na hora da novela, outras com a cabeça apoiada em almofadas, não tinha, para mim, nenhuma sedução. Talvez eu começasse a cair de moda, querendo que um bar fosse local para sentar na cadeira ou desfilar entre as mesas, de banho tomado e cabelo limpo.

Disse para Alice que iria ao aniversário do Irmão Frederico, um dos padres da faculdade. Ela achou um pouco estranho, mas engoliu relativamente bem.

– Só não vá beber todo o vinho da missa.

Estava a caminho do Afrodite quando meu celular tocou. Era ela.

– Onde vai ser a festa?

– Vamos fazer um churrasco na casa do Neves, Alice. Você conhece o Neves, é o professor de semiótica. É uma homenagem do nosso departamento ao aniversariante. O Irmão Frederico é muito querido por todos.

Eu não podia esquecer de pedir ao Neves para confirmar meu álibi. Ele era malvisto na faculdade por sair com várias alunas ao mesmo tempo, mas Alice não tinha essa informação. Alguém com um comportamento desses, eu esperava, não negaria ajuda para um marido em apuros.

– Quando começarem a dançar as músicas do Padre Marcelo, você promete que volta para casa?

Prometi, mas Alice parecia desconfiada. Eu seria muito cauteloso daqui para a frente, ou poderia ser pego antes mesmo de consumar a traição. Se é que realmente ia trair.

Dez horas e nenhuma das amigas havia dado o ar da graça no Afrodite. Enquanto isso, o garçom me consagrava a Baco, colocando uma taça de vinho na minha mão de dez em dez minutos. Pelos meus cálculos, no máximo à meia-noite eu deveria estar em casa, se possível, sóbrio. Seria difícil convencer Alice de que a festa do padre avançara madrugada adentro.

Quase desisti algumas vezes, mas esperei. Quando as quatro amigas surgiram repentinamente ao meu lado, pensei que fosse efeito do vinho. A mulher do restaurante estava agora perto de mim, pronta para acomodar suas longas pernas na cadeira que eu estendia para ela.

E não era efeito do vinho.

Renata fez as apresentações.

– Eduardo, estas são a Magali, a Aninha e a... Úrsula.

Úrsula. O nome dela era Úrsula. Eu nunca havia conhecido mulher alguma chamada Úrsula. Úr-su-la. Só o nome já me inspirava pensamentos de baixo calão, os mesmos que eu estava tendo quando Renata me chamou de volta ao mundo.

– A Úrsula também lembrava de você.

Este era um dado novo na história. Até então, eu considerava que a mulher do restaurante, do alto de suas pernas monumentais, me ignorasse completamente. Então Renata vinha me dizer que sim, ela sabia quem eu era. Que Úrsula lembrava de mim e, nesse caso, devia ter feito seus comentários com as amigas. Sabe-se lá se a meu favor ou contra tudo que eu pensava a meu respeito. Quis procurar a resposta nos olhos da garota, mas o DJ do bar estava roubando a atenção dela com um bate-estaca que não valia um solo de violão meu. Isso que eu nunca toquei violão na vida.

Aos poucos, fui me sentindo à vontade naquela mesa só de mulheres. Como eu era o único homem ali, sem contar as outras dezenas que as quatro tentavam atrair, até o momento sem muito sucesso, as amigas começaram a me enxergar exatamente assim, como o único homem ali. Que Alice não soubesse. Eu aproveitei cada segundo da minha nova condição. Falei bobagens, contei piadas leves e fiz as quatro rolarem de rir imitando uma morsa no bar lotado, número que aprendi copiando um publicitário amigo meu.

Na saída, muito mais tarde que o horário autoestabelecido para a minha volta ao lar, aceitei a carona que as quatro insistiam em oferecer. Deixei meu carro estacionado na rua, rezando para que ele não se movesse até a manhã seguinte. Sob os protestos de Renata, a motorista, que me queria no lado do carona, sentei no banco de trás entre Úrsula e Aninha, tentando me aproximar mais e mais da primeira a cada curva do caminho.

Pedi para Renata parar alguns metros antes do portão do meu prédio. As quatro desceram do carro para se despedir de mim e todas me beijaram no rosto. Abracei Úrsula e fiquei olhando enquanto ela voltava para o carro. Realmente, aquelas pernas justificariam qualquer sacrifício que eu precisasse fazer para revê-las.

O porteiro deu uma piscadinha cúmplice quando passei em direção ao elevador. Depois de incontáveis minutos girando a chave na fechadura para não fazer barulho e intermináveis instantes abrindo a porta para evitar qualquer ruído, dei dois passos no hall de entrada e pronto.

Do sofá, Alice e o Bebê L. me olhavam com tanta frieza que lamentei não ter trazido um capote.

Dezoito

Deixar o carro perto do Afrodite acabou se revelando uma boa ideia.

Iniciei minha defesa dizendo que havia levado três professores do departamento para suas casas, depois do churrasco: o Nelmar, o Cintra e o Giba. O carro falhou assim que deixei o último deles. Sozinho em uma zona cheia de bares, preocupado com a minha segurança, querendo chegar logo porque precisaria levantar cedo no outro dia, andei longas quadras sem conseguir um táxi. Acabei vindo a pé para casa. Restava esperar que amanhã o nosso carro continuasse onde o abandonei.

Preparando um café, Alice ouvia a minha história sem falar nada. Esta era uma das manias dela que eu detestava: Alice escutava uma narrativa inteira sem emitir um som. Poderia ouvir *Os Lusíadas* da primeira à última estrofe sem um comentário. O que um dia me pareceu uma prova de recato e discrição, hoje me irritava profundamente. Ainda mais estando eu culpado e acossado como agora.

Quando finalmente Alice foi deitar, eu ainda tremia. A situação estava aparentemente controlada, mas meu maior problema ainda estava por vir.

Úrsula tinha me convidado para sair. Fiquei de confirmar com ela até o meio-dia, mas sabia que aquela era uma chance que não se repetiria. Como diziam nas propagandas de carro, desde que eu havia comprado o meu primeiro chevette: oportunidade assim não aparece duas vezes.

Depois de uma noite quase sem dormir e de uma péssima aula sobre Carlos Drummond de Andrade, que não fez jus nem ao primeiro poema que ele escreveu quando criança, liguei para Dylan.

– Vou sair com outra mulher hoje.

Em poucos minutos, meu melhor amigo estava usando toda a sua experiência de homem descasado para tentar me ajudar.

– Diga que você vai sair comigo, que nós vamos jantar.

– E se Alice quiser ir junto?

– Diga que a Lana também vai. Alice não suporta a Lana.

– Muito arriscado. É melhor ela não saber com quem eu vou estar.

– Bem, você pode falar que tem reunião na faculdade.

– Sexta às onze da noite?

– Que vai dar uma aula particular.

– Ninguém estuda literatura numa hora dessas.

– Que precisa fazer companhia para a sua mãe.

– Aí Alice telefona e a minha mãe conta que faz mais de um mês que eu não passo nem perto da casa dela.

– Eduardo, você está dificultando as coisas.

Parecia não haver solução para o meu caso. Todas as desculpas que me ocorriam para não estar em casa na noite de sexta-feira, não resistiriam à menor das dúvidas de Alice. Acostumadas à infidelidade masculina durante séculos, as mulheres acabaram desenvolvendo um talento nato para pegar seus parceiros na mentira. Se eu falhasse, seria expulso de casa e perderia tudo: Alice, o Bebê L. e o pay-per-view do jogo do Grêmio, no próximo domingo.

Foi Dylan quem teve a inspiração.

– Amanhã tem show dos Filhos da Bronha! Duvido que Alice queira acompanhar você. Vai ser em um bar do centro, o Cadeira Elétrica.

Com muito jeito, expliquei para Alice que a banda do Cabeça, meu advogado, estrearia o novo show naquela sexta. Na qualidade de cliente e amigo de tantos anos, eu não poderia faltar ao evento. O Cabeça contava comigo. E show de punk rock, Alice sabia, não terminava tão cedo. Ela que não me esperasse acordada.

– Vá, sim, Eduardo. Eu fico aqui sozinha, cuidando do Bebê L. Aliás, é só isso que eu faço mesmo.

Não respondi. Tudo que eu dissesse daria margem à choradeira, gritaria e briga, o que fatalmente atrasaria minha programação. Dar errado era um risco que o meu plano não podia correr. Saí de casa às dez horas, vestido como um punk de classe média. Na casa de Dylan, troquei os jeans rasgados e a camiseta do Sepultura por uma roupa comprada especialmente para a grande aventura.

Quando Úrsula abriu a porta, calculei que umas seis vacas deveriam ter morrido para ela ficar tão bonita.

Toda vestida de couro, calça, camisa, bota e um casaco que ia até os joelhos, Úrsula passaria facilmente por uma abigeatária. Estava linda, embora eu preferisse um vestido que deixasse, ao menos, um pedacinho de perna de fora.

No começo nos sentimos constrangidos, os dois. Imagino que Úrsula não estivesse acostumada a ser perseguida por homens que encontrava nas portas dos restaurantes. Mas ainda não era o momento de falar sobre isso. Então pedi que ela me contasse sua vida, uma tática com cem por cento de aproveitamento em cem por cento dos casos. Estava para nascer, afinal, quem não se considerasse o assunto mais interessante para uma conversa.

Úrsula tinha vindo de Santa Catarina ainda pequena, quando o pai, engenheiro de uma multinacional, fora transferido para Porto Alegre. Infância e adolescência tranquilas, Úrsula amava o sol, o mar e as coisas belas, tivera quatro namorados, era fanática por exercícios físicos (eu sabia que pernas da estirpe das dela não eram obra do acaso) e, formada em turismo, trabalhava em uma agência de viagens. Isso era tudo.

Fiquei um pouco decepcionado com a breve biografia daquelas pernas. Nos meus devaneios, as pernas de Úrsula haviam andado pelo mundo inteiro, conhecido línguas, em todos os sentidos, e causado a desgraça de franceses, egípcios e neozelandeses. Eu podia ver as pernas de Úrsula correndo da polícia nas manifestações das Diretas Já, dançando em cima da mesa nos bailes de carnaval do Monte Líbano, entrando em campo para uma partida de futebol feminino, fazendo um strip-tease para um felizardo qualquer. Mas Úrsula era jovem ainda, vinte e seis anos que, pela pouca experiência, pareciam menos. Talvez estivesse esperando a pessoa certa para começar a se divertir.

Contei a ela sobre o meu trabalho, a minha vontade de escrever um livro, qualquer que fosse o livro, minhas negociações para passar um ano estudando em alguma universidade estrangeira. A noite estava agradável e eu podia sentir Úrsula cada vez mais interessada em mim.

– Você não tem namorada, Eduardo?

Se eu respondesse com um não, não estaria mentindo. Alice e eu tínhamos passado da fase do namoro há muito tempo.

– Não.

E mais não falei. Eu não estaria mentindo, também, se dissesse que a iniciativa do primeiro beijo foi dela.

Úrsula me aplicou o que, na minha casa, costumávamos chamar de beijo-desentupidor-de-pia. No início pensei que o gosto da sua boca fosse do vinho que ela bebia. Foi no fim do beijo que identifiquei: a boca de Úrsula tinha para mim, tantos anos depois, o gosto de uma outra mulher.

Ficamos nos beijando por um longo tempo ainda. Eu teria convidado Úrsula para ir ao meu apartamento, mas Alice e o Bebê L. moravam lá. Sem prática para propor um motel e considerando que isso podia apressar demais as coisas, deixei-a em casa, não sem antes aproveitar mais alguns minutos daquele novo sabor que a vida me apresentava.

– Quero só ver se você não vai sumir.

– Sumir, Úrsula? Depois de todo o trabalho que eu tive para encontrar você?

Eu estava me apaixonando e os indícios não eram apenas físicos, embora estes fossem bem acentuados, no momento. Úrsula foi embora e eu fiquei enlevado, embevecido, arrebatado, com ela e, principalmente, comigo e com a minha incrível capacidade de transformar em realidade algo tão improvável quanto o nosso encontro.

Não suma, ela disse, e eu não faria isso. Tratava-se, agora, de conciliar o meu casamento com o meu namoro. Eu precisaria da consultoria do tio Castilhos mais tarde.

Dezenove

Durante o fim de semana, posso dizer que estive com a minha família de corpo presente. A alma, essa não compareceu.

Levei o Bebê L. à pracinha, dei nele todos os banhos que se fizeram necessários, preparei almoços e jantares. A estratégia era me vencer pelo cansaço. Se parasse de brincar com a criança ou de fazer todos os serviços domésticos, eu lembraria. Foi uma pena a caixa da gordura não transbordar no domingo, para eu perder horas limpando o estrago sem pensar em mais nada.

Alice tentou conversar algumas vezes. O manual do marido traidor recomendava que eu fosse atencioso e delicado, mas não era fácil seguir as instruções. Será que nem no começo das suas vidas duplas, os grandes adúlteros da nossa história enfrentaram uma crise de ordem moral?

Eu disse à Úrsula que estaria fora da cidade até terça, mas a minha vontade era ligar para ela do orelhão da esquina. Foi o que fiz na segunda, tão logo pus o pé na faculdade, simulando alguns ruídos com a boca para provar que estava em um local muito distante.

– Oi, Úrsula, tudo bem com você? Tssssschhhh rrrrrccchhhhhhh...

– Fale mais alto, tem muita interferência...

– É que eu estou sssshhhhrrrrrrrrrrrr longe, o telefone não pega bem aqui. Rssssshhhh.

– Ligue de outro lugar, quando puder. Tchau.

Ela bateu o telefone sem que eu tivesse tempo de dizer que a amava, adorava e idolatrava, coisas que não correspondiam exatamente à verdade, mas que eu quase não controlava a vontade de dizer.

Sem ideia de como dar prosseguimento ao caso, acabei recebendo a ajuda mais improvável para continuar minha saga extraconjugal.

Era madrugada e eu lia no escritório, evitando Alice no quarto. De repente, eu havia perdido todo o interesse pela minha mulher, fato que não colaborava para disfarçar minha nova situação. Alice, por outro lado, quem sabe adivinhando os indícios de que o nosso casamento estava em vias de encontrar um iceberg pela frente, reagiu com um súbito despertar sexual. A mãe exausta que passava os dias despenteada e, à noite, se arrastava penosamente para a cama, pedindo a Deus, aos santos e ao marido que a deixassem dormir em paz, resolveu cortar os cabelos (eu ainda entenderia por que as mulheres cortavam os cabelos), fazer reflexos e investir em lingerie. Alice continuava tão bonita como antes do Bebê L. existir. O corpo não tinha mudado muito desde que o vi pela primeira vez, e a marca de vacina na coxa me seduzia sempre que eu olhava. Descontadas as olheiras, Alice mantinha o rosto fresco e a pele macia. Eu gostava de tudo nela, mas não estava disposto a ir para a cama com Úrsula entre nós. Talvez um dia, quando as duas se conhecessem.

Alice entrou no escritório e sentou na poltrona perto da mesa, onde ficavam os meus alunos nas aulas particulares.

– Pensei em passar uns dias com a minha mãe em São Paulo.

Engasguei a seco, tossindo sinceramente uma tosse que só passou quando ela me trouxe um copo de água.

– Sabe, Eduardo, acho que nós estamos precisando de umas férias. Eu sei que você não pode sair agora, então pensei em deixar a casa mais tranquila para você descansar. Vai ser bom para mim também, há muito tempo eu não viajo, estou sentindo falta de ver outras pessoas, sair, passear. O que você me diz?

Eu disse que sentiria muitas saudades dela e do Bebê L., enquanto Alice desaparecia na sala de embarque com nosso filho no colo. Eu mesmo providenciara as passagens dos dois, na manhã seguinte à conversa no escritório. Seria bom para todos, eu havia concordado. Alice poderia confiar o bebê à mãe dela, pelo menos nas horas em que dona Marta não estivesse dançando nas boates da Ipiranga com a São João. Em São Paulo, minha mulher visitaria lojas, compraria livros, teria assunto para desenhar suas estampas. Apesar do fim da licença-maternidade, Alice ainda não voltara a trabalhar com muito entusiasmo na tecelagem.

Fiquei no mirante do aeroporto até o avião sumir no céu. Finalmente eu poderia me dedicar à conquista, este esporte que mobiliza o homem desde tempos imemoriais. Durante os próximos quinze dias, eu usaria todos os meus recursos e, se preciso, pediria alguns emprestados, para chegar às vias de fato com Úrsula.

Começava aí a última parte da minha história.

Vinte

Desde o instante em que acordava até dormir outra vez, eu só pensava em Úrsula.

Consegui com o Neves, o sátiro da faculdade que era também coordenador do departamento, algumas substituições em horários estratégicos. Assim eu poderia almoçar com Úrsula quase todos os dias, apanhá-la na saída do trabalho e combinar um encontro eventual no meio do expediente. Algo como uma breve farra em alguma garçonnière do centro.

Minhas intenções eram muito mais rápidas que os acontecimentos. Fazia quatro dias que Alice e o Bebê L. estavam em São Paulo. Neste período, eu só havia conseguido um almoço em um buffet a quilo e a promessa de um cinema para amanhã. O tempo urgia e a testosterona que corria pelo meu corpo, então, seria mais delicado não comentar.

– Úrsula, esta é a sua última chance.

Nem terminei de falar e já estava arrependido. E se ela não entendesse a piada e desligasse o telefone na minha cara?

– Brincadeirinha! Era só para testar você. Vamos ao cinema hoje?

– Você pode me pegar em casa?

Cheguei adiantado e esperei por quase uma hora que Úrsula descesse. Quando enfim apareceu, para minha decepção, ela cometia um pecado imperdoável da moderna indumentária feminina: o blusão amarrado na cintura. Eu não gostaria que mulher alguma sentisse frio e recomendava que todas levassem um agasalho, para o caso da temperatura cair ou do ar-condicionado estar na regulagem inverno polar. Mas casacos e similares foram feitos para carregar nas costas ou nas mãos, jamais em volta dos quadris, impedindo a visão daquele que tem sido cantado, em prosa chula e versos de baixo calão, como o ponto nobre da anatomia nacional. Pelo menos até toneladas de silicone invadirem os peitos brasileiros.

Seja como for, o filme estava perdido e Úrsula, culpada pelo atraso, aceitou meu convite para jantar. Não perdi tempo em deixá-la à vontade.

– O cinema não importa, Úrsula. O que eu queria era ficar com você.

Eu estava sendo absolutamente sincero, dentro das circunstâncias. E enquanto Alice e o Bebê L. dormiam em São Paulo, eu me preparava para ficar acordado com Úrsula.

Desde o meu primeiro namoro, com uma garota da escola chamada Maria Amélia, eu sempre idealizei as mulheres que cruzaram o meu caminho. Desta vez, para minha própria surpresa, eu estava cada vez mais encantado com a beleza de Úrsula, mas percebia nela peculiaridades irritantes que eu só costumava perceber após um certo tempo de relacionamento.

Por exemplo, cada frase de Úrsula terminava com um né?, em tom de pergunta e com acento infantil. Úrsula falava o né? mesmo quando dominava o assunto.

– Hoje eu vendi um pacote para três irmãos gays, bilhetes de primeira classe e o cruzeiro mais caro pelas ilhas gregas, né?

Eu apenas concordava: é. Prometi a mim mesmo que sempre que ela dissesse né?, eu responderia: é. Então notei que Úrsula se sacudia na cadeira sem parar e eu teria relevado isso também se, com o movimento contínuo, os pratos, a minha própria cadeira e o chão do restaurante não começassem a trepidar. Devia ser a mesma sensação de estar à mesa em um cruzeiro em alto-mar.

O jantar seguiu assim, neste doce balanço a caminho do poire, quando Úrsula gritou. Ou melhor, eu pensei que fosse um grito, mas era um espirro.

Com toda a sua aparência frágil, Úrsula espirrava berrando. As pessoas das outras mesas olharam para nós, tipo de exposição que um marido pulando a cerca como eu preferiria evitar. O maître veio, solícito, saber se estava tudo bem. Refeita, a própria causadora do cataclismo respondeu.

– Foi a minha alergia.

No carro, beijando Úrsula enquanto pensava na melhor forma de propor uma esticada, mandei ao diabo o né? que ela repetia, a cadeira que ela balançava e a rinite que assustou o restaurante inteiro. Ninguém era perfeito e Úrsula, de qualquer maneira, havia chegado muito perto disso.

– Preciso ir para casa.

– E se a gente fosse para outro lugar...

Estava dito. Agora, o máximo que poderia acontecer era Úrsula me rejeitar para sempre. Já me via no bar com Dylan, afogando as mágoas em uma garrafa de uísque nacional. Sempre que penei por amor eu pedi uísque nacional, para o sofrimento ser completo.

– Hoje eu quero ir embora. Amanhã janto com você na sua casa.

Ela vai jantar comigo na minha casa. No supermercado, comprando vinho italiano, champanhe francês, queijos finos, chocolates suíços, torradas e o que mais me parecesse sofisticado o bastante para recebê-la, eu lembrava de todos os jantares comidos na vida, tentando decidir o que oferecer à Úrsula. Mais prático seria encomendar algo, mas então ela não ficaria impressionada com meus dotes culinários. Não possuir dote culinário algum era o menor dos meus problemas naquele momento.

Paguei as compras e já ia saindo do estacionamento quando uma mulher de uns quarenta anos surgiu na minha janela com alguma coisa na mão.

– O senhor deixou cair isso.

Três caixas de camisinhas haviam despencado do meu pacote. Agradeci, constrangido. Pelo retrovisor, vi que a mulher observava o marido com ar de desencanto, enquanto ele colocava sacolas e mais sacolas de supermercado no porta-malas. Parecia pensar que, em algum lugar da cidade, enquanto ela estivesse lavando a louça e colocando as crianças para dormir, outra de mais sorte estaria aproveitando aquelas três caixas de sexo total que eu levava comigo.

O mundo podia ser um lugar cruel para as esposas.

Vinte e um

Não seria nada fácil eliminar o Bebê L. do apartamento. Ele estava em toda a parte, nos muitos porta-retratos pela sala, nas roupinhas penduradas na secadora, nos pintinhos, ursinhos e coelhinhos que enfeitavam o quarto, no inconfundível cheiro de bebê espalhado pela casa inteira.

Comecei recolhendo as fotos. Confesso que foi com o coração apertado que escondi o Bebê L., em dezenas de poses, no armário dos mantimentos. Com o berço, a banheira e o móbile de Rei Leão, seria impossível desaparecer. Eu manteria a porta do quarto do bebê chaveada e, se Úrsula perguntasse o que havia ali, responderia apenas: minha coleção de baratas vivas. Ela não se atreveria a entrar.

No quarto do casal, o problema eram as roupas de Alice. Pensei em trancafiá-lo e falar que naquele local eu guardava minha coleção de aranhas vivas, mas Úrsula poderia me achar muito estranho, como entoava o cantor Daltro em uma música da minha adolescência. O cantor sumiu, mas sua voz dizendo "muito estranhooooooo" continuou para sempre dentro de mim. Resolvi levar todas as roupas de Alice para a lavanderia. O armário e as gavetas ficaram despidos, se me permitem, como se nunca tivessem abrigado nenhum sutiã em seus interiores. Rapidamente, o apartamento ia se transformando no lar de um homem solteiro. Bastava Úrsula não chegar perto da área de serviço.

Minha irmã mais moça chegou no final da tarde para preparar os pratos. Disse a ela que alguns amigos viriam para o jantar e Clara foi tão discreta quanto a situação permitia.

– Os seus amigos gostam de nata e espinafre?

– Adoram, por quê?

– Só por saber. Geralmente, mulher é que gosta dessas coisas.

Eu havia encomendado para minha irmã um cardápio digno de uma dama: qualquer entrada com salmão e canelones de espinafre, nozes e molho de nata como prato principal, menu que de bom grado eu teria trocado por chuletas com bacon e ovo frito. Agora ela tentava descobrir quem eu havia convidado através de perguntas capciosas.

– Quantos amigos são?

– Três.

– Você não acha que é pouca comida?

– Você não conhece os rapazes. Parecem passarinhos, de tão pouco que comem.

– Então você mudou de turma. Quando o Dylan ia lá em casa, parecia mais um corvo esfomeado.

Clara continuou especulando enquanto aprontava uvas e morangos cobertos com chocolate para a sobremesa. Pedi a ela que arrumasse também as flores nos vasos e colocasse velas de todas as cores e tamanhos nos seus lugares, da sala ao quarto, sem esquecer do banheiro.

– Nunca vi ninguém fazer tudo isso para receber três amigos.

– O problema, Clara, é que as pessoas não estão acostumadas com a sofisticação. Daqui a pouco vão dizer que eu sou veado, só porque ajeitei a casa para os rapazes.

– Eu prometo que não falo nada. Mas é melhor você não comentar perto do papai. Seria um desgosto para ele.

Quando Clara se foi, as dúvidas dela não eram mais sobre quem iria jantar comigo, mas sobre a minha heterossexualidade. As coisas que um homem precisava enfrentar para comer uma mulher.

Meu banho foi o mais caprichado da última década. Usei até alguns dos cremes de Alice: amaciante de joelhos, suavizador de cotovelos, eliminador de rugas de expressão, corretivo de olheiras e um antiflacidez caríssimo, aplicado nas peles que me sobravam em volta da cintura. Fiquei todo lambuzado e me senti mais seboso que antes do banho.

Estava escolhendo a roupa quando Dylan telefonou.

– Vou passar aí. Estou solteiro hoje.

– Não seja louco de aparecer. Estou casando daqui a pouco.

Esperei durante muito tempo que Úrsula chegasse. A pontualidade não era uma das virtudes das mulheres bonitas, como várias vezes eu havia observado nas minhas experiências. Então o interfone tocou e em alguns instantes ela estava na minha sala, sentada exatamente na poltrona onde Alice amamentava o Bebê L. Depois de tudo o que fiz para ter Úrsula nos meus domínios, eu não deixaria esta simples coincidência me perturbar. Em todo o caso, levei a garota para a cozinha, com a desculpa de precisar de ajuda para terminar o jantar.

Eu não queria Alice entre Úrsula e eu. Talvez um dia, quando as duas se conhecessem.

Vinte e dois

Sendo eu um cavalheiro, vou omitir a maior parte dos fatos.

Úrsula levantou às seis, hora em que ela acordava todos os dias para ir à academia.

– Academia depois de tanto exercício?

Mas ela foi. Continuei deitado, eu que deveria estar às sete no cursinho, começando uma aula sobre Gregório de Matos Guerra. Infelizmente, meus alunos ficariam sem a lição desta manhã.

Úrsula havia adorado o jantar. Na próxima vez, eu pediria à Clara para fazer uma paella. Não que eu estivesse precisando, mas nunca era demais contar com as propriedades afrodisíacas dos frutos do mar.

Depois que os canelones tinham sido devorados, que os morangos desapareceram e que muito pouco restou de todo o vinho que eu havia comprado, Úrsula e eu fomos para o quarto. No início pareceu estranho estar ali com uma mulher diferente da minha. Mas só no início. Logo era como se Úrsula tivesse sido sempre a primeira e única dona daquele território.

Vou fazer apenas um comentário: meus esforços foram plenamente recompensados. E mais não digo, porque nada é mais previsível que contar façanhas sexuais por aí. Basta abrir qualquer revista semanal para ficar sabendo o que todo mundo fez com todo mundo na noite passada.

Dylan ligou muito cedo, querendo saber o placar da noite. Respondi com a célebre frase atribuída ao mafioso italiano Tomaso Buscetta: nenhuma palavra sairá dos meus grandes lábios. Nem bem tinha voltado a dormir e o telefone tocou outra vez.

Era Alice.

Meu cérebro ainda entorpecido, mais por Úrsula que pelo vinho, quase não conseguiu responder ao interrogatório dela. Alice perguntou sobre a casa, sobre a infiltração no banheiro social, sobre a correspondência, sobre a faxineira, e sobre todos esses assuntos eu discorri com razoável desembaraço.

– E você? Está sentindo muito a nossa falta?

Talvez eu estivesse, mas aquele não era o melhor momento para falar disso. Contei à Alice que ainda me sentia cansado, tanto que não tivera disposição de ir à aula da manhã. Mas que prometia ser um novo e animado homem quando ela e o Bebê L. voltassem.

– O Bebê L. tem uma surpresa para você. Fale com ele.

Eu era o próprio idiota dizendo "fale com o papai" para um bebê que ainda não dizia uma sílaba. Do outro lado da linha, quase do outro lado do mundo, em algum lugar de São Paulo, o Bebê L. reconheceu minha voz e passou a fazer vários sons impossíveis de alguém decifrar, mesmo esse alguém sendo eu, seu pai, que o amava muito, ainda que às vezes não demonstrasse.

– Bebê L., tente soletrar. O papai não está entendendo!

– Você não ouviu? Ele disse papá. Desde ontem ele repete sem parar: papá. Papá. Já "mamãe", o ingrato não fala de jeito nenhum.

Foi um golpe.

Assim como eu, meu filho só pensava em uma pessoa: eu mesmo. Mais que isso, ele ainda me dedicara a primeira palavra a sair da sua boca sem dentes. Papá.

– Alice, voltem logo. Eu preciso do Bebê L.

– E de mim, você não precisa mais?

Claro que precisava: era ela quem iria trazer o bebê para mim. Mas isso eu não podia responder.

Tomei um banho e cheguei ao cursinho ainda a tempo de pegar o segundo período. Não tinha preparado a aula, razão de passar cinquenta e cinco minutos recitando todo o tipo de poemas sobre o amor. Os poucos que ficaram até o final me aplaudiram e uma menina, que teria entusiasmado o velho fauno Neves, sussurrou no meu ouvido que eu era o melhor professor do cursinho.

Fui emendando turmas e turnos de aula, fiz as compras do mês no supermercado e, em casa novamente, comecei a quebrar o banheiro atrás do vazamento que importunava Alice. Eu havia virado um nó por dentro, coração, estômago, intestino e todas as vísceras que se vê em exposição nos açougues, emaranhadas no meu interior. Era hora de usar a estratégia número um para momentos difíceis: cansar o corpo até o cérebro parar de funcionar.

Teria dado certo se, quando um terremoto particular parecia haver derrubado o banheiro, Úrsula não ligasse falando de saudades. Deviam ser quase onze quando o porteiro avisou que minha amiga estava subindo. Depois disso, em todas as noites que vieram, eu nunca mais dormi sozinho. E nos dias que se seguiram, uma equipe de cinco pofissionais da construção civil, supervisionados por um mais graduado, que usava o calção uns dez dedos abaixo da cintura, mostrando a bunda mesmo para quem não quisesse ver, cuidou da infiltração para Alice.

Eu estava ocupado com coisas mais importantes.

Vinte e três

Alice e o Bebê L. estavam em casa novamente. No início eu pensei que conseguiria esquecer Úrsula concentrando minhas atenções na criatura chorona e mole que morava comigo. Refiro-me, claro, ao Bebê L. Agora Alice pouco chorava e estava ficando dura como uma ginasta ucraniana, com suas idas diárias à academia.

Os hormônios de Alice haviam finalmente voltado à posição inicial. Ela parecia mais controlada, mais segura e trabalhava com prazer, como no período pré-Bebê L. O nervoso, estressado e indiferente, agora, era eu.

Na primeira vez em que vi Alice deitada na nossa cama, a cama de Úrsula enquanto ela passeava em São Paulo, fiquei tão perturbado que passei a noite no escritório. Meio dormindo e meio acordado, imaginava Alice achando um brinco perdido no meio das cobertas. Ou uma camisinha usada dentro da fronha. No café da manhã, vi que ela estava com uma camisola nova, provavelmente comprada para a nossa rentrée.

Comecei a evitar Alice. Quando ela insistiu na aproximação, fui obrigado a confessar que continuava confuso. Deste dia em diante, Alice não chegou mais perto de mim, o que incluía levantar da mesa caso eu sentasse, sair da sala se eu entrasse e sumir com o Bebê L. nos finais de semana.

Fui obrigado a reconhecer meu fracasso. Ficar com Úrsula não havia ajudado em nada a minha relação com Alice. Tio Castilhos teria vergonha de mim: estava provado que eu era completamente incapaz de manter uma amante e um casamento felizes.

Por outro lado, Úrsula começava a fazer perguntas. Ela não entendia por que não saíamos mais, nem as razões de não dormimos juntos. Minha mulher é muito tradicional nessas coisas, Úrsula. Esta era a verdade que eu não podia contar.

Brincando com o Bebê L. ou dando uma aula sobre Guimarães Rosa, eu vivia apavorado.

Se o telefone tocar e Alice atender. Se Úrsula aparecer de surpresa. Se o Bebê L. ouvir minhas declarações de amor na extensão. Se Alice e Úrsula se conhecerem na rua e ficarem amigas e trocarem confidências e descobrirem que eu sou eu e como as duas.

Hoje vou encontrar Dylan e Borba para discutir o assunto. Dylan levará um consultor, o Agnaldo Dias, especialista em manter vidas duplas, triplas e tantas mais forem necessárias. Nas horas vagas, ele edita a coluna de turfe de um jornal de esportes.

– Você tem que contar tudo para a Úrsula.

O primeiro palpite do Borba não poderia ter sido mais óbvio. Próximo.

– Já decidiu com qual das duas quer ficar?

Dylan não traz nenhuma solução, apenas repete a mesma pergunta que eu me faço desde que a história começou.

– Essa Úrsula vale assim tanto a pena?

Borba, o cético, desconfiando dos meus sentimentos e do meu bom gosto.

– Você vai ter que abrir o jogo com as duas.

Dylan, o sádico, querendo que eu morra.

– Você já fez uma lista das coisas que gosta em uma e na outra? Das vantagens e desvantagens de cada uma?

Borba, o racional, aplicando sua experiência de gerente de banco no meu problema sentimental.

– E você, Agnaldo, agora que conhece o caso inteiro. Qual a sua opinião?

– Você penetrou em um terreno difícil, meu amigo. Se é que me faço entender.

Agnaldo era aquele tipo de homem que sempre tem algum comentário de duplo sentido a fazer, independente do tema tratado. Durante a conversa, percebiam-se conotações sexuais em tudo que ele dizia e até mesmo quando recomendou que eu jamais deixasse o Bebê L. perceber a confusão.

– Seu filho deve ficar fora disso. Senão afeta a cabeça. Se é que me faço entender.

Quando cheguei em casa, vi que Alice havia radicalizado.

Minhas roupas tinham sido transferidas para o escritório. Atiradas lá, para ser mais exato. Eu estava expulso do quarto e nada garantia que amanhã Alice não me expulsasse do apartamento. Fui procurar o Bebê L., mas ele fora levado para os domínios de Alice. Domínios que, um dia atrás, eram meus também. Podia ouvir os barulhos da criança através da porta trancafiada. Bati, gritei, chutei, chorei e Alice não abriu. Então era assim que os casamentos de muitos anos viravam separações litigiosas, um querendo matar o outro. Só não iria esganá-la agora por dois motivos: minha dificuldade em arrombar a fechadura e a falta de vontade de fugir para o Paraguai com o Bebê L. Ver meu filho crescer na Ciudad del Este entre falsificadores de Chanel Número Cinco estava fora de cogitação.

Dormi mais rápido do que gostaria, interrompendo meus planos de vingança. Infelizmente, as preocupações e as dores nunca interferiram no meu sono, o que pode ter dado, em alguns momentos, a errada impressão de que eu não sabia sofrer. Desde que eu me lembro fui assim, de deitar e dormir, a não ser que tivesse um bom motivo para me manter acordado.

Úrsula.

Eu nem ao menos consegui ligar para ela durante o dia, foi meu último pensamento antes de apagar.

Vinte e quatro

Eu não acredito que aconteceu outra vez, né?
Estava com Úrsula em um restaurante para contar que eu era casado, pai e canalha. Toda a verdade, em resumo. Ela ficou mais espantada por ser a terceira vez que isso acontecia com ela do que com a própria revelação.

– Meus dois últimos namorados eram casados e só me contaram depois. Assim, almoçando comigo, como você. Né?

– É.

– Agora você vai me dizer que está voltando para a sua mulher. Como os outros disseram, né?

Ela estava me comparando aos outros dois namorados casados. Como se algum deles tivesse feito a metade do que eu fiz para merecê-la. Com o uniforme da agência de viagens, Úrsula parecia uma aeromoça em terra firme. Comecei a lembrar da Sylvia Kristel em *Emanuelle*, o filme que emocionou uma geração inteira de punheteiros. Um dia pediria à Úrsula que viesse me encontrar de uniforme, sem nada por baixo.

— Né?

O né? que um dia me irritara, hoje era quase um afrodisíaco. Lembrei dos nés? que ela dizia sem parar nos momentos mais íntimos. Sylvia Kristel vestida de aeromoça podia levar os homens ao delírio com seus oh, yes, oh, yes, mas nada se comparava ao né? que Úrsula dizia no meu ouvido.

— Não é, Úrsula. Eu quero ficar com você.

E assim eu iria me separar da minha atual mulher e não ficaria solteiro uma hora, já que acabava de me comprometer com a minha futura mulher. Mais ou menos o que havia acontecido com todos os meus amigos que se separaram em busca de liberdade.

Beijei Úrsula na porta da agência de viagens e fui para o cursinho. A aula sobre Graciliano Ramos foi a melhor da minha história de professor de pré-vestibular, tão perfeita e tão completa que, provavelmente, os alunos não deviam ter entendido uma palavra.

O problema Úrsula estava momentaneamente sob controle. Restava agora o problema Alice, que trazia com ele o problema Bebê L. e o problema separação dos bens e tantos outros que eu achei melhor ligar para o meu advogado.

— Cabeça, eu preciso de você. Vou me separar de Alice.

— Outra mulher?

– Sim.

– Bem, tente não deixar provas de infidelidade por aí. Isso pode simplificar muito as coisas para você. E venha amanhã sem falta ao escritório. Às onze.

Este era o Cabeça, sempre objetivo. Até hoje nós dois perdêramos todas as pequenas causas que tivemos juntos, mas ainda assim eu me sentia mais confiante com ele.

Quando entrei em casa, Alice alimentava o Bebê L. com uma dessas gororobas para bebês que mais parecem comida de gato. Sentei perto dos dois. Se a mãe me ignorou, o mesmo não se pode dizer do filho. O Bebê L. começou a agitar primeiro os braços, depois as pernas e a cabeça e logo trocou o chuchu amassado com galinha pelo meu colo. Alice pegou a bolsa e saiu pela porta sem olhar para nós dois. O que ela podia alegar contra mim era a indiferença que eu vinha demonstrando há algum tempo. Mas pelo jeito com que me tratava, era de se supor que soubesse mais.

Fiquei com o Bebê L. até ele dormir, eu mais exausto que a criança. Imaginei a vida sem meu bebê ao alcance da mão, cena triste o bastante para me fazer desistir de tudo, se eu não tivesse ido tão longe. Esperei até muito tarde que Alice voltasse e precisei segurá-la com força para que concordasse em falar comigo.

– Só falta você me bater. Os juízes de família adoram maridos traidores que batem na mulher.

— Alice, o que houve? Será que não dá para manter a calma?

— Você manteria a calma se um dia a faxineira encontrasse uma camisinha usada e fossilizada, grudada sabe-se lá desde quando, no seu colchão? Uma camisinha que, com certeza, não usaram com você?

Calma. O que eu disse a ela se aplicava a mim. Bastava ser frio e negar qualquer acusação até a morte.

— Como assim, uma camisinha?

— Não era sua?

— Eu não usei camisinha nenhuma.

— Bem, pelo tamanho, não devia ser do Bebê L. Não que fosse muito grande. Que eu me lembre, era bem do seu número.

Cuspindo no prato que a comeu. Meu pior pesadelo virava realidade. Uma camisinha esquecida na cama, isso depois do meu advogado recomendar cuidado com as provas da infidelidade. Mas ainda havia uma saída.

— Não sei se você pensou nesta hipótese, Alice, mas pelo menos cinco pedreiros estiveram aqui na sua ausência, no banheiro que você me infernizava para consertar.

— O exame de DNA vai provar se a camisinha era sua ou deles.

— Você enlouqueceu, Alice? Me dê essa camisinha. Se for minha, eu mesmo reconhecerei.

– Sinto muito, mas ela consta dos autos do processo e já está com o meu advogado.

Era o momento da rendição. Eu havia perdido a luta e a vontade de continuar fingindo.

– Alice, eu não quero o apartamento, nem os carros, nem a minha parte na livraria. Eu só quero ver o Bebê L. todos os dias. Por favor.

Alice sempre esteve preparada para tudo, menos para a sinceridade. Assim que eu admiti a culpa, ela também perdeu a vontade de ser forte. Sentou na poltrona de amamentar o Bebê L. e começou a chorar. Caudalosa e escandalosamente.

Choramos os dois, juntos, até cansar. Depois ela foi para o ex-quarto do casal e eu para o meu exílio no escritório, notando, pela primeira vez, que me sobravam pelo menos uns cinquenta centímetros de pernas para fora do sofá.

De manhã arrumei minhas roupas. Quando eu alugasse um lugar, Alice despacharia meus livros, CDs e alguma coisa que ficasse para trás. Tentei me despedir do Bebê L. sem dramas, como quem logo vai voltar. Impossível. Minhas glândulas lacrimais, inativas há tantos anos, não deviam estar entendendo nada. Se eu continuasse neste ritmo, em breve seria internado com desidratação.

Alice não me disse adeus. E foi assim que eu saí de casa.

Vinte e cinco

Acordar muito cedo. É isso que um pai separado deve fazer para continuar vendo o filho todos os dias. De segunda a sexta, antes das sete e meia, eu levo o Bebê L. para uma escolinha, onde ele fica desde que Alice resolveu trabalhar na sede da tecelagem. Dependendo do humor dela, eu posso visitar a criança também nas noites em que não dou aula.

As mulheres dos meus amigos não me perdoaram. Dê, a senhora Borba, e Paula, a ex do Dylan, chegaram a me cadastrar em uma página da internet que denuncia maridos que traem, batem, exploram e deixam o banheiro molhado. Lana, a namorada do Dylan, que também já virou ex, fez que não me conhecia quando cruzei com ela na rua.

A mãe de Alice voltou de São Paulo para dar apoio moral à filha. Se o tio Castilhos veio junto, não me procurou. Marta La Rubia deve ter proibido terminantemente qualquer aproximação comigo.

Meus pais e minhas irmãs ficaram do meu lado porque são meus pais e minhas irmãs. Os que não tinham qualquer parentesco comigo, ou seja, o resto do mundo, condenaram minha atitude. O abandono do Bebê L. agravou ainda mais a minha situação perante a sociedade, embora abandonar o Bebê L. jamais tenha me passado pela cabeça.

Hoje que sou livre para ir aonde quiser com Úrsula, prefiro ficar no meu novo apartamento, sozinho. Janto com a família dela uma vez por semana e fazemos todo o tipo de programa de casal aos sábados. Por enquanto, tem sido o bastante, mas Úrsula já perguntou sobre as promessas de amor eterno, seguidas de casamento, que eu fiz um dia.

Úrsula é uma mulher do tipo participativa. Insistiu, por exemplo, em me acompanhar ao futebol das segundas, terreno que Alice nunca ousou invadir.

– Pegou mal, Eduardo. Mulher, aqui, só a tia do pastel.

Além de ter perdido o jogo, eu ainda precisava ouvir as chacotas dos times, o adversário e o meu.

– Só falta trazer a mãe na semana que vem.

– Se ela quiser conhecer o vestiário, manda falar comigo.

Úrsula também apareceu no cursinho e na faculdade, o que deu ao professor Neves a oportunidade de achar que eu era igual a ele, um insaciável.

– Esse Sampaio. Depois eu é que levo a fama.

A verdade é que tudo tinha acontecido rápido demais. A paixão por Úrsula, desistir de Alice, minha nova vida de solteiro, tudo rápido demais. A saudade do Bebê L. me perturbava e era faltar Nescafé em casa que eu lembrava do lar que havia deixado. Tão organizado. Tão limpo. Tão cheio do Nescafé que Alice comprava no armário da cozinha.

Dylan não sabia como me ajudar e Borba corria o risco de perder mulher e filho, se tentasse. Na única vez em que conseguimos burlar a vigilância da Dê e marcar uma cerveja no final da tarde, os dois brigaram.

– Dylan, você viu a Paula?

Rezei para que Dylan tivesse visto ou, ao menos, para que mentisse ao Borba que sim. Em vão.

– Não. Por quê?

– Rapaz, que mulherão. Sorte do Ferreira, que anda saindo com ela. O Ferreira, você sabe quem é.

– Não.

– Um que jogou na zaga quando o Maurão rompeu os ligamentos. Lembra?

– Não.

– Primo do Getúlio, aquele que fez um gol de bicicleta nos juvenis do Inter em 1989. Aliás, não é confirmado, mas dizem que o Getúlio também saiu com a Paula.

Para Dylan, foi demais ouvir que a cidade inteira, representada por dois de seus habitantes, tinha descoberto na Paula os encantos que ele mesmo desprezara. Ou talvez meu amigo não tenha suportado saber que a ex-mulher estava melhor que ele. Dylan partiu para cima do Borba aos gritos de "eu mato" e, nem imobilizado por mim e pelo garçom do bar, parou de berrar desconfianças perdidas no tempo.

– Eu sempre achei que você queria comer a Paula!

Com Dylan e Borba rompidos, enfrentei minha segunda separação, desta vez dos amigos. Se eu falava com um, o outro se enfurecia. Decidi evitar mais problemas evitando qualquer contato com eles. Nessas condições, e apesar da previsão de tempestades para o período, o final de semana na praia com Úrsula pareceu uma boa alternativa.

Ficamos na casa dos pais dela, em uma praia pequena e tranquila, onde todos os homens com mais de dezoito anos jogavam bocha em uma cancha improvisada. Os com menos de dezoito já haviam morrido de tédio. Em um raro momento sem chuva, saí para caminhar deixando Úrsula exposta ao mormaço e aos olhares de cobiça dos atletas da bocha.

Nada como uma caminhada na beira do mar para colocar as ideias em ordem. Ali, escutando as ondas e pulando esgotos a céu aberto, sempre pensei na vida com uma clareza que o pedaço de Atlântico que banha o Rio Grande do Sul jamais conseguiu ter.

Eu havia feito muitas coisas em um tempo muito curto.

Largar um casamento de quinze anos. Conquistar o pivô da separação e mantê-lo razoavelmente entretido a meu lado. Ser um bom pai para o Bebê L., apesar das adversidades.

Eu havia feito tudo isso, mas não me sentia satisfeito comigo. Estava na praia com minha namorada nova, de pernas tão maravilhosas que distraía até as equipes locais de bocha, e preferia caminhar sem rumo na areia quente. Eu me transformara em um chato, como Borba insinuara, dias antes de sair no braço com Dylan.

– Esse é o novo Eduardo. Sempre na TPM.

Continuei meu passeio pelo nada. Das suas esteiras, três gerações de mulheres feias me contemplavam. A mais velha, não muito mais velha que eu, gorda e cheia de varizes, imensa no seu duas-peças estampado. A filha dela, quase adolescente, com as mesmas adiposidades e veias da mãe. A neta, provável mau passo da filha, com não mais de sete anos e herdeira da tradição de feiura das primeiras.

Deus tinha sido generoso comigo. Para começar, me deu Alice. Agora, me dava Úrsula. Os coitados que engravidaram a mãe do duas-peças e sua filha feia não podiam alegar a mesma sorte que eu.

Por outro lado, era impossível negar as evidências: o mundo era muito maior que Alice e Úrsula. Em uma praia sem atrativos como aquela, sem charme como um resort do Nordeste jamais imaginaria existir, eu via mulheres de todos os tipos e de todos os jeitos, mesmo que procurasse não olhar. Morenas de maiô branco. Loiras com a parte de cima do biquíni aberta nas costas, espécie de topless familiar. Ruivas ficando mais sardentas, meninas aprendendo a virar moças e ainda aquelas com livros na mão, ou revistas, ou jornais, ou a bula do protetor solar, que fosse. Cada uma, uma possibilidade.

Então eu tive a única iluminação da minha vida, contrariando todos os avisos de apagar luzes que o governo, em crise de energia, andava espalhando pelo país.

Não era Úrsula que eu queria, quando me separei de Alice.

O que eu queria, na verdade, eram as possibilidades.

O que aconteceu com cada um

No momento, Dylan está apaixonado por uma modelo que faz catálogos de lingerie e trocou a coluna de polícia do jornal pela de sociedade. Segundo ele, as madames passam tantos cheques sem fundo quanto as estelionatárias, mas são muito mais bonitas. Acho que meu amigo ficou fixado em top mulheres depois da Raquel. A precursora das manequins internacionais voltou a viver no Brasil e hoje tem um programa de televendas em um canal qualquer de TV a cabo. Dá bem menos audiência que a Paula. O nosso time inteiro das segundas-feiras e quase todas as equipes adversárias já saíram com a ex-mulher do Dylan. Não foram poucos os pedidos de casamento que ela recebeu. A Paula anda batendo um bolão, como diz o Borba. Mas ele não fica atrás: o Borba anunciou que a Dê está grávida. E não só ela. Úrsula espera um filho também. Conta-se que, ainda ressentida com a nossa separação, minha ex-namorada levou suas sensacionais pernas para dançar no Afrodite. Lá, foi abordada por um colega meu, que recordou tê-la visto comigo, na faculdade. Meu colega não apenas consolou Úrsula naquela madrugada, como largou mulher e filhos para continuar com ela nas noites seguintes. Os dois vão casar tão logo saia o divórcio do professor Neves, o sátiro, que, de alguma forma, me lembra o tio Castilhos. Novamente próspero, agora na administração dos negócios da minha ex-sogra em São Paulo, o tio Castilhos foi procurado pela mulher que, no passado, o levou à loucura: a balconista Nilza. Sobrevivendo com dificuldades na capital paulista, Nilza pediu uma pensão ao ex-amante. Dono de um coração grande como o bigode que ostentou um dia, o tio Castilhos faz hoje depósitos mensais na conta de Nilza, mas treme só de pensar em ter sua boa ação descoberta por Marta La Rubia. A famosa stripper, transformada em empresária da noite, vem todos os meses a Porto Alegre para visitar o Bebê L. Meu filho dorme pelo menos duas vezes por semana na minha casa. Não posso passar um dia sequer sem vê-lo, nem ele a mim. Temos muito a nos falar, embora o Bebê L. continue mudo como os meus alunos quando eu pergunto quem escreveu *Morte e Vida Severina*. Ao menos ele aprendeu a falar mamãe, para a felicidade de Alice. E Alice, bem, Alice é a minha ex-mulher.

E ex-mulher também é uma possibilidade.

Coleção **L&PM** POCKET (LANÇAMENTOS MAIS RECENTES)

873. **Liberty Bar** – Simenon
874. **E no final a morte** – Agatha Christie
875. **Guia prático do Português correto – vol. 4** – Cláudio Moreno
876. **Dilbert (6)** – Scott Adams
877.(17).**Leonardo da Vinci** – Sophie Chauveau
878. **Bella Toscana** – Frances Mayes
879. **A arte da ficção** – David Lodge
880. **Striptiras (4)** – Laerte
881. **Skrotinhos** – Angeli
882. **Depois do funeral** – Agatha Christie
883. **Radicci 7** – Iotti
884. **Walden** – H. D. Thoreau
885. **Lincoln** – Allen C. Guelzo
886. **Primeira Guerra Mundial** – Michael Howard
887. **A linha de sombra** – Joseph Conrad
888. **O amor é um cão dos diabos** – Bukowski
889. **Maigret sai em viagem** – Simenon
890. **Despertar: uma vida de Buda** – Jack Kerouac
891.(18).**Albert Einstein** – Laurent Seksik
892. **Hell's Angels** – Hunter Thompson
893. **Ausência na primavera** – Agatha Christie
894. **Dilbert (7)** – Scott Adams
895. **Ao sul de lugar nenhum** – Bukowski
896. **Maquiavel** – Quentin Skinner
897. **Sócrates** – C.C.W. Taylor
898. **A casa do canal** – Simenon
899. **O Natal de Poirot** – Agatha Christie
900. **As veias abertas da América Latina** – Eduardo Galeano
901. **Snoopy: Sempre alerta! (10)** – Charles Schulz
902. **Chico Bento: Plantando confusão** – Mauricio de Sousa
903. **Penadinho: Quem é morto sempre aparece** – Mauricio de Sousa
904. **A vida sexual da mulher feia** – Claudia Tajes
905. **100 segredos de liquidificador** – José Antonio Pinheiro Machado
906. **Sexo muito prazer 2** – Laura Meyer da Silva
907. **Os nascimentos** – Eduardo Galeano
908. **As caras e as máscaras** – Eduardo Galeano
909. **O século do vento** – Eduardo Galeano
910. **Poirot perde uma cliente** – Agatha Christie
911. **Cérebro** – Michael O'Shea
912. **O escaravelho de ouro e outras histórias** – Edgar Allan Poe
913. **Piadas para sempre (4)** – Visconde da Casa Verde
914. **100 receitas de massas light** – Helena Tonetto
915.(19).**Oscar Wilde** – Daniel Salvatore Schiffer
916. **Uma breve história do mundo** – H. G. Wells
917. **A Casa do Penhasco** – Agatha Christie
918. **Maigret e o finado sr. Gallet** – Simenon
919. **John M. Keynes** – Bernard Gazier
920.(20).**Virginia Woolf** – Alexandra Lemasson
921. **Peter e Wendy** *seguido de* **Peter Pan em Kensington Gardens** – J. M. Barrie
922. **Aline: numas de colegial (5)** – Adão Iturrusgarai
923. **Uma dose mortal** – Agatha Christie
924. **Os trabalhos de Hércules** – Agatha Christie
925. **Maigret na escola** – Simenon
926. **Kant** – Roger Scruton
927. **A inocência do Padre Brown** – G.K. Chesterton
928. **Casa Velha** – Machado de Assis
929. **Marcas de nascença** – Nancy Huston
930. **Aulete de bolso**
931. **Hora Zero** – Agatha Christie
932. **Morte na Mesopotâmia** – Agatha Christie
933. **Um crime na Holanda** – Simenon
934. **Nem te conto, João** – Dalton Trevisan
935. **As aventuras de Huckleberry Finn** – Mark Twain
936.(21).**Marilyn Monroe** – Anne Plantagenet
937. **China moderna** – Rana Mitter
938. **Dinossauros** – David Norman
939. **Louca por homem** – Claudia Tajes
940. **Amores de alto risco** – Walter Riso
941. **Jogo de damas** – David Coimbra
942. **Filha é filha** – Agatha Christie
943. **M ou N?** – Agatha Christie
944. **Maigret se defende** – Simenon
945. **Bidu: diversão em dobro!** – Mauricio de Sousa
946. **Fogo** – Anaïs Nin
947. **Rum: diário de um jornalista bêbado** – Hunter Thompson
948. **Persuasão** – Jane Austen
949. **Lágrimas na chuva** – Sergio Faraco
950. **Mulheres** – Bukowski
951. **Um pressentimento funesto** – Agatha Christie
952. **Cartas na mesa** – Agatha Christie
953. **Maigret em Vichy** – Simenon
954. **O lobo do mar** – Jack London
955. **Os gatos** – Patricia Highsmith
956.(22).**Jesus** – Christiane Rancé
957. **História da medicina** – William Bynum
958. **O Morro dos Ventos Uivantes** – Emily Brontë
959. **A filosofia na era trágica dos gregos** – Nietzsche
960. **Os treze problemas** – Agatha Christie
961. **A massagista japonesa** – Moacyr Scliar
962. **A taberna dos dois tostões** – Simenon
963. **Humor do miserê** – Nani
964. **Todo o mundo tem dúvida, inclusive você** – Édison Oliveira
965. **A dama de Bar Nevada** – Sergio Faraco
966. **O Smurf Repórter** – Peyo
967. **O Bebê Smurf** – Peyo
968. **Maigret e os flamengos** – Simenon
969. **O psicopata americano** – Bret Easton Ellis
970. **Ensaios de amor** – Alain de Botton
971. **O grande Gatsby** – F. Scott Fitzgerald
972. **Por que não sou cristão** – Bertrand Russell
973. **A Casa Torta** – Agatha Christie
974. **Encontro com a morte** – Agatha Christie
975.(23).**Rimbaud** – Jean-Baptiste Baronian
976. **Cartas na rua** – Bukowski
977. **Memória** – Jonathan K. Foster
978. **A abadia de Northanger** – Jane Austen
979. **As pernas de Úrsula** – Claudia Tajes
980. **Retrato inacabado** – Agatha Christie

UMA SÉRIE COM MUITA HISTÓRIA PRA CONTAR

Alexandre, o Grande, Pierre Briant | **Budismo**, Claude B. Levenson | **Cabala**, Roland Goetschel | **Capitalismo**, Claude Jessua | **Cérebro**, Michael O'Shea | **China moderna**, Rana Mitter | **Cleópatra**, Christian-Georges Schwentzel | **A crise de 1929**, Bernard Gazier | **Cruzadas**, Cécile Morrisson | **Dinossauros**, David Norman | **Economia: 100 palavras-chave**, Jean-Paul Betbèze | **Egito Antigo**, Sophie Desplancques | **Escrita chinesa**, Viviane Alleton | **Existencialismo**, Jacques Colette | **Geração Beat**, Claudio Willer | **Guerra da Secessão**, Farid Ameur | **História da medicina**, William Bynum | **Império Romano**, Patrick Le Roux | **Impressionismo**, Dominique Lobstein | **Islã**, Paul Balta | **Jesus**, Charles Perrot | **John M. Keynes**, Bernard Gazier | **Kant**, Roger Scruton | **Lincoln**, Allen C. Guelzo | **Maquiavel**, Quentin Skinner | **Marxismo**, Henri Lefebvre | **Mitologia grega**, Pierre Grimal | **Nietzsche**, Jean Granier | **Paris: uma história**, Yvan Combeau | **Primeira Guerra Mundial**, Michael Howard | **Revolução Francesa**, Frédéric Bluche, Stéphane Rials e Jean Tulard | **Santos Dumont**, Alcy Cheuiche | **Sigmund Freud**, Edson Sousa e Paulo Endo | **Sócrates**, Cristopher Taylor | **Tragédias gregas**, Pascal Thiercy | **Vinho**, Jean-François Gautier

L&PMPOCKET**ENCYCLOPAEDIA**
Conhecimento na medida certa

IMPRESSÃO:

Gráfica Editora Pallotti
IMAGEM DE QUALIDADE

Santa Maria - RS - Fone/Fax: (55) 3220.4500
www.pallotti.com.br